天魔神教
洛陽本部

천마신교
낙양본부

천마신교 낙양본부 4

정보석 新무협 판타지

초판 1쇄 찍은 날 § 2020년 9월 17일
초판 1쇄 펴낸 날 § 2020년 9월 24일

지은이 § 정보석
펴낸이 § 서경석

편집책임 § 김예슬
디자인 § 노종아

펴낸곳 § 도서출판 청어람
등록번호 § 제387-1999-000006호
등록일자 § 1999. 5. 31
어람번호 § 제2-2848호

주소 § 경기도 부천시 부일로 483번길 40 서경B/D 3F (우) 14640
전화 § 032-656-4452 팩스 § 032-656-4453
http://www.chungeoram.com
E-mail § chungeorambook@daum.net

ISBN 979-11-04-92261-9 04810
ISBN 979-11-04-92204-6 (세트)

天魔神教
洛陽本部

정보석 新무협 장편소설

FANTASTIC ORIENTAL HEROES

천마신교
낙양본부

4

天魔神教
洛陽本部
천마신교
낙양본부

次例

第十六章

"자기 제자들을 말입니까?"

운정은 찻잔을 잡은 양손에 자기도 모르게 힘을 주었다. 로스부룩은 역시 같은 모양의 찻잔을 입에 가져가 차를 한 모금 마시고는 아무렇지 않다는 듯 고개를 끄덕였다.

"힘에 취하다 보면 다들 그렇게 되는 법 아니겠습니까? 마법 혁명 이전에 마법은 도구가 아니라 숭배의 대상이었습니다. 마법사들은 마법을 사용하는 자들이 아니라, 마법을 섬기는 자들이었죠."

"……"

"지고한 마법의 힘을 얻을 수만 있다면 인간이 아닌 행동이라도 서슴없이 했던 자들이 과거의 마법사들입니다. 기술적으로는 현대의 것이 더 앞서겠지만, 당시에 만들어진 마도구(魔道具)는 재료에 있어서 상상을 초월하죠."

대낮, 천마신교 낙양본부의 한구석에서 운정은 로스부룩에게 마법에 대해서 강의를 듣고 있었다. 사실 강의라기보다는 차를 마시며 마법에 대한 담소를 나누는 것에 가까웠다.

운정이 고개를 흔들며 말했다.

"아무리 그렇다고 해도 어떻게 자기의 자식 같은 제자 열 명의 생명을 바쳐서 한낱 반지로 만든답니까?"

"정확하게 말하면 아홉 명입니다. 자기 자신도 포함해서 열 명이지요. 또한 생명만 바친 것이 아니라 영혼을 바쳤습니다. 그들은 아직도 그 반지 속에서 의식(意識)의 노예가 된 채 존재합니다."

"……."

"더 세븐(The Seven)은 대부분 그런 식으로 만들어진 마도구입니다. 그 정도의 희생이 없다면 그만한 마도구가 애초에 존재할 수 없죠. 열 명의 의식이 들어 있는 열 개의 반지. 그래서 그것은 살아 있다고 말할 수 있는 것이고, 또 그래서 착용자의 포커스를 사용하지 않고 스스로 마법을 영창해 버리는 것이죠."

사부에게 극진한 사랑을 받고 자란 운정은 도저히 이해할 수 없는 것이었다. 그는 머리를 짜내고 짜내어 겨우 그가 이해할 법한 결론을 말했다.

"그럼 그 마법사와 그의 아홉 제자가 다 같이 그 반지를 만들려고, 아니, 그 반지가 되려고 한 겁니까? 그것이 그들에겐 어떤 특별한 의미가 있는 것이 아닙니까? 명예라든가?"

그의 말을 들은 로스부룩은 웃어 버렸다.

"운정 도사님은 참으로 선한 사람 같습니다."

운정은 눈을 돌리려 말했다.

"도사라 하지 마십시오. 그냥 운정이라고 하시면 됩니다."

로스부룩은 작은 미소를 짓더니 이야기를 이었다.

"소협이라 하죠. 운 소협, 그 마법사는 그저 자신이 그 반지의 강대한 힘을 사용하고 싶어서 그렇게 한 겁니다. 설마 아홉 제자들이 자발적으로 반지가 되었겠습니까?"

"자기도 반지가 되었다고 하지 않았습니까?"

"자기 제자들을 속여 희생시켜 놓곤, 그 광기에 휩싸여서 결국 자기 자신도 반지가 된 것이지요. 광인의 생각을 어떻게 알겠습니까?"

운정은 눈살을 찌푸리며 말했다.

"도저히 이해가 가질 않습니다."

로스부룩은 대수롭지 않다는 듯 설명했다.

"사람이 뭐 그런 것 아니겠습니까? 결국 자신의 건강을 잃으면 부귀영화가 쓸모없다는 것을 모르는 사람은 없습니다. 하지만 대부분의 사람들은 자신의 건강을 해치면서까지 부귀영화를 누리려 합니다. 그 마법사는 힘을 원하다 못해 스스로가 그 힘이 되어 버린 겁니다. 그가 가진 광기가 어떤 것인지는 저 또한 정확하게 알 수 없습니다만, 인간의 어리석음을 비웃는 질 나쁜 이야기쯤으로 생각해 두십시오."

"……."

"어찌 됐든 운 소협께서 알고 싶은 것은 그런 뒷이야기가 아니라, 그 반지의 능력들 아닙니까? 마법이 어떻게 실현되는지 배우고 나니, 반지 하나로 뚝딱 마법을 실행해 버리는 더 세븐이 얼마나 비현실적인 물건인지 궁금해지지 않습니까?"

운정은 고개를 끄덕이면서 말했다.

"예. 전에 설명해 주시기를, 그 마법사가 사용했던 마법들은 그렇게 긴박한 순간에 주문을 외울 수 있는 종류의 것들이 아니었습니다. 어떤 조화로 그렇게 된 것입니까?"

운정은 단 하루 만에 마법에 대한 기초적인 상식을 쌓았었다. 선생과 제자 둘 다 지능이 보통 사람을 한참 넘으니, 지식 전달에 막힘이 없었던 것이다.

로스부룩은 깍지를 끼곤 몸을 뒤로 기대며 말했다.

"전에 마법에 있어 임계점이 있다면 바로 시간을 정지시키는 마법인, 핸즈프리즈(Hands—Freeze)라고 말씀드렸습니다. 시간을 정지시킬 수만 있다면, 그 이후에 얼마나 긴 주문을 가진 마법이든 영창해 버리면 그만이고, 이것이야말로 마법 혁명의 기틀이 된 것입니다. 마법사들을 전문적으로 양성하는 학교의 졸업 시험이 바로 핸즈프리즈인 것도 그런 의미에서 그렇습니다. 이것을 무음(無音)으로 완벽하게 시전할 수 있다면, 그때부터 견습이 아니라 위저드가 되는 것이지요."

그것은 중원의 검기와도 같다. 이 세상의 그 어떠한 것도 베어 버릴 수 있는 검기야말로 범인과 무림인 간의 극명한 차이를 만들며 그와 유사하게 핸즈프리즈 마법 또한 일반인과 마법사의 차이를 극명하게 만든다.

운정이 말했다.

"그것과 반지들과는 무슨 관계가 있습니까?"

"모든 마법이 그렇듯, 핸즈프리즈에도 최소 영창 시간이 있습니다. 그것은 이론적으로 절대로 넘을 수 없는 것입니다. 하지만 마법사란 존재는 언제나 한계에 도전하게 마련. 더 세븐이 더 세븐인 이유는 각자 고유의 창의적인 방법을 통해서 최소 영창 시간보다 짧은 시간에 마법을 시전할 수 있기 때문입니다. 문핑거즈(Moon fingers)는 인간의 영혼을 통해서 그 방도를 마련했는데, 한 인간의 자의식을 모두 붕괴시키고 오로지 영창 하나에만 쏟아붓게 해서 찰나 동안 모든 영창을 끝내 버립니다. 때문에 그저 마법에 필요한 충분한 마나를 주입하는 시간만 필요할 뿐입니다."

"……"

"하지만 그 때문에 한 영혼당 하나의 주문만 읊을 수 있습니다. 핸즈프리즈는 자기 자신의 자의식에만 적용되는 것이기에, 하나의 반지가 핸즈프리즈를 영창한다고 그 마법사에겐 달라지는 것은 없기 때문입니다. 그래서 그 마법사는 가장 강력한 마법들을 하나둘씩 선별하여 아홉 개의 반지를 만든 겁니다."

운정은 침을 삼키고는 말했다.

"어떠한 마법들이 있습니까?"

로스부룩은 잠시 시선을 위로 올리며 기억해냈다.

"다른 반지들을 다스리는 마법. 물질을 분해하는 마법. 불멸자를 살해하는 마법. 필멸자를 살해하는 마법. 착용자를 살해한 자를 역으로 죽이는 저주마법. 마나를 정지시키는 마법. 다른 마법을 소멸시키는 마법. 생명력을 마나로 돌리는 마법. 마나를 생명력으로 돌리는 마법, 그리고 마지막으로 타인을 노예로 부리는 마법. 한어로 번역하느라 조금 의미가 달라졌을 수도 있겠습니다만, 대략적으론 그렇습니다."

"……"

운정은 잠시 동안 깊은 생각에 빠졌다. 로스부룩이 설명한 것들 중 태반은 이해하기 어려웠다. 특히 불멸자를 살해하는 마법은 원어를 직역해서 그렇게 이상하게 말하는 것이 아닌가 하는 생각까지 들었다. 그것이 무슨 뜻이고 또 가능은 한 것인가?

하지만 경험적으로는 알았다. 마법은 눈빛으로 검기와 검강을 없애 버리고, 손가락 하나로 땅을 뒤집어 버리며 어떤 경공도 없이 공중에 부유해 버리는 등… 지극히 좌도적인 성격을 띠는데 우도인 무공과 비교해도 전혀 손색이 없으며, 활용도에 관해선 더욱더 뛰어나다. 그러니 그런 일을 실제로 할 수도 있을 것이다.

운정은 찻잔에 두 손을 가져가곤 말했다.

"그 마법사의 눈동자는 네 개였습니다. 혹시 반지가 그 눈과 연관 있지 않습니까?"

그의 말을 들은 로스부룩은 누군가 찬물을 얼굴에 뿌린 것처럼 경직되었다. 그는 눈을 가늘게 뜨더니 운정에게 말했다.

"네 개? 혹시 양쪽에 두 개씩 아닙니까? 연보랏빛에?"

심각해진 어조에 운정은 당황해하며 대답했다.

"맞습니다. 어떻게 아십니까?"

로스부룩은 살짝 입을 벌리더니 곧 깊은 숨을 내쉬었다.

"그자가… 중원에 있다니. 무엇 때문에……."

로스부룩은 항상 가벼운 분위기였던 터라, 갑자기 심각해진 그의 표정을 보곤 운정은 아무런 말을 할 수 없었다. 로스부룩은 눈을 이리저리 굴려가며 고민하더니 곧 자리에서 일어났다.

"이건 백작님에게 말해야 할 것 같습니다. 잠깐 기다려 주실 수 있습니까?"

그 질문에 운정이 말했다.

"지금 백작님께선 교주와 함께 대화를 나누는 것을 알고 있습니다. 아마 외교적인 논의를 하시는 것 같은데 그것을 방해할 만큼 중요한 것입니까?"

로스부룩은 입을 모으더니 곧 자리에 털썩 주저앉았다.

"아닙니다. 오늘 내로 뭐가 바뀌는 것도 아니니까… 실례했습니다. 이따가 따로 말하도록 하죠."

하지만 가능만 하다면 당장에라도 방문을 나갈 기세였다.

운정이 조심스레 물었다.

"그 마법사가 어떤 자이기에 그렇게 말씀하시는 겁니까?"

로스부룩은 운정을 몇 번이고 곁눈질로 보았다. 그러다가 곧 시선을 회피하며 말했다.

"통칭 욘(Youn). 그가 본래 무엇이었는지는 모릅니다. 다만 최근 파인랜드의 대소사를 암중에서 관여한 인물입니다. 그는 계속해서 모습을 바꾸며 나타나는데, 한 가지 공통점이 있다면 바로 눈동자가 연보라색이라는 것과 네 개라는 점입니다. 월지까지 손에 넣었다면 정말 큰일이 아닐 수 없군요."

운정은 카이랄에게 들었던 이야기를 자연스럽게 꺼냈다.

"처음 무당파에서 하산했을 때에, 그와 마주하여 그를 죽였었습니다. 그러나 그 이후에도 화산파의 검객 중 한 명에게서 그 요상한 눈을 보았습니다. 그리고 이후에도 또 다른 마법사의 몸에도 들어가더군요. 죽인다고 해서 죽일 수 있는 자가 아닌 듯싶었습니다. 혹시 무당산의 정기를 사용한 마법을……."

로스부룩은 자리에서 벌떡 일어났다.

"자, 잠깐. 잠깐. 아, 아니, 어떻게 그럼 살아 계신 겁니까?"

"예?"

"부, 분명 보복저주를 당하셨을… 서, 설마! 당신이!"

운정은 두려움이 가득한 표정을 지은 로스부룩을 올려다보면서 영문을 모르겠다는 듯 고개를 갸웃했다.

"무슨 말입니까, 갑자기?"

로스부룩은 격한 숨을 쉬며 운정을 노려보더니 곧 확인차 물었다.

"그자를 죽였다면 월지 중 하나의 저주마법으로 인해서 운소협도 죽었어야 합니다. 그런데 어찌 살아 계십니까?"

운정은 생각났다는 듯 손가락 하나를 뻗어 흔들었다.

"아아, 그 제 친우인 혹요도 같은 의문을 가지고 있었습니다. 제 몸에서 최상급 저주의 냄새가 나는데 발동이 되지 않는 것이 신기하다고. 아마 중원이기 때문에 저주가 제대로 작동하지 않은 것이 아닌가 추측했습니다만… 그 뒤로는 뭔가 흐지부지돼서 기억에서 잊혔군요. 그러고 보니, 로수부루께 답을 구하면 될 듯합니다만."

"……."

"경계를 푸시지요. 뭣하면 제 몸을 마법으로 확인해 보셔도 됩니다."

운정은 여유로운 미소를 지어 보였고, 로스부룩은 그래도 안심하지 않았다.

"잠깐이면 됩니다. 다크엘프가 저주의 냄새를 맡을 수 있었다는 건, 저주는 아직도 걸려 있는 상태라는 뜻이고 그건 저도 확인이 가능하니까요."

그렇게 말한 로스부룩은 잠시 눈을 감고는 주문을 외웠다. 그런데 그 와중에 혹시라도 운정이 그를 공격할까 무서웠던 그의 주문은 조금씩 떨리고 있었다.

영창을 마치고 마법을 시전한 그가 눈을 크게 떴다.

"저, 정말이군요. 보복저주가 몸 주변에 겉돌고 있습니다."

"제 말을 믿으시겠습니까?"

로스부룩은 민망한 표정으로 자리에 다시 앉고는 말했다.

"당장에라도 연구해 보고 싶습니다만, 자칫 잘못하면 저주가 발동될 수 있습니다. 혹시 그래도 괜찮으시다면 저주가 발동되지 않는 이유를 탐구해 봐도 되겠습니까? 그 저주를 풀 수 있는 단서를 찾을 수도 있습니다. 이대로 저주를 달고 사는 것도 분명히……."

"행여나 이계와 접촉하다 보면 무슨 일이 있을지 모르니, 없앨 수 있을 때 없애는 것이 맞겠지요. 그럼 부탁드리겠습니다."

운정이 포권을 취하자 로스부룩의 얼굴이 환해졌다. 최상급 보복저주는 방어 불능이라 이것이 운정의 몸에 겉도는 이유를 파악하여 스펠로 만들어 낼 수만 있다면, 최상급 보복저주에 방어할 수 있는 최초의 마법을 창시할 수도 있다. 이것은 마법사로서 그 누구라도 욕심낼 수밖에 없는 것이었다.

"다, 당장 시작합시다!"

로스부룩은 더 이상 그 어떤 것에도 관심이 없는 것 같았다.

"장문인!"

"장문인!"

검으로 겨우 몸을 겨누며 서 있는 안우경에게 수많은 화산의 제자들이 몰려왔다. 인간의 힘으로 어찌할 수 없는 자연의 힘을 검강으로 베어 버리며 소멸시킨 그의 놀라운 무위에 모두들 경외심을 품었다. 진한 매화향은 그것이 단순한 검강이 아님을 시사하고 있었다.

모두들 화산파의 제일고수로 태룡향검을 뽑지만, 지금 이 순간만큼은 매중선 안우경이 모든 이의 마음 속 그 중심에 자리 잡았다.

지친 기색과 어두운 안색을 보니, 안우경은 정말로 온 힘을 다한 듯싶었다. 그러나 그의 두 눈빛만은 불타오르듯 정면을 응시하고 있었다. 모든 이들이 그를 걱정하는데, 그 혼자만 자신의 몸 상태에 아무런 관심이 없는 듯했다.

그에게 빠르게 다가간 정채린은 주변을 보았다. 장로들부터 시작해서 매화검수들까지 한데 모여 있었지만 그 누구도 안우경에게 가까이 다가가지도, 말을 걸지도 못했다. 오로지 안우경의 제자인 수향차만이 안우경의 한쪽 팔을 붙들고 서 있었다.

정채린이 안우경 앞에 섰다.

"장문인께서 저 사이한 회오리를 소멸시킨 덕에 화산의 정기가 다시 돌아오고 있습니다."

안우경은 불타는 눈빛으로 회오리의 중심을 바라보았다. 그곳엔 황금빛을 잃어버린 원기둥이 이리저리 부서져 있었다.

"완전하진 않다. 화산의 정기 중 일정량이 소멸되었어. 아직 끝난 것이 아니니 모두들 긴장하여야 한다."

정채린은 수향차를 보았고, 수향차는 아무도 눈치채지 못하게 고개를 살짝 흔들었다. 안우경의 몸 상태가 정확히 어떤지는 모르지만, 더 이상 싸울 수 없다는 뜻이 명백했다.

정채린이 주변을 둘러보며 말했다.

"매화검수, 나를 따르라. 화산을 침범한 저 이계인과 배신자를 처단한다."

모든 매화검수들의 얼굴이 크게 굳었다. 한근농이 배신했다는 점을 아직도 받아들이기 어려웠기 때문이다. 다들 복잡한 심정이 되었지만, 정채린의 냉정한 한마디에 모두의 마음이 차갑게 식었다.

그렇다.

한근농은 배신자. 그 이상도 이하도 아니다.

모든 매화검수들의 눈빛이 낮게 가라앉았다.

매화검수 중 녹준연이 앞으로 한 발자국 나오며 말했다.

"이 자리에 있는 매화검수들로 대매화검진(大梅花劍陳)을 펼치기엔 세 명이 부족합니다."

대매화검진은 매화검수들이 한데 모여 펼치는 검진으로 단 한 명의 고수를 상대하기 위해서 짜인 검진이며, 중심에 적을 두고 끝까지 말려 죽이는 것이 그 검진의 목적이었다.

안으로 팔방 그리고 뒤로 십육방을 점하는 모양새인데, 때문에 이를 펼치기 위해선 명령하는 머리까지 해서 최소한 스물다섯 명이 필요했다. 그러나 이곳에 모인 매화검수들은 아쉽게도 셋이 부족한 스물두 명이었다.

그의 말이 끝나기 무섭게 이석추 장로가 말했다.

"운 좋게도 여기 모인 장로 중 매화검수 출신이 셋이다. 우리가 가세하마."

정채린은 그들을 보고 고개를 끄덕였다.

"감사합니다. 어르신들께서 스스로를 낮추시니 기대에 부응하여 최선을 다하겠습니다."

"물론. 장로들이 어설프게 돕느니, 대매화검진을 펼쳐 하나로 움직이는 것이 낫지. 그동안 남은 장로들은 장문인의 회복을 돕는 것이 좋을 듯하네."

장로들은 그의 말을 듣고는 모두 고개를 끄덕였다. 백도의 장점 중 하나는 모두 같은 유형의 내력을 익힌다는 것 때문에 서로에게 내력을 나누어 주어도 손실이 거의 없다. 어차피 적이 하나라면, 각각 장로들이 내력을 사용하는 것보단 안우경이 몰아서 쓰는 것이 낫다.

빠르게 상황이 정리되자, 화산의 모든 검수들은 자신들의 위치로 가기 시작했다. 모두들 보법을 펼치며 대매화검진의 방위를 선점하는데, 정채린은 불안한 눈빛으로 이계인과 한근농을 보았다. 한근농이 바보가 아닌 이상 대매화검진으로 그들을 포위하려는 것이 명백한 상황에서 과연 가만히 있을까?

그녀가 그렇게 막 바라보았을 때, 한근농의 손가락에서 어떤 사이한 노란빛이 흘러나왔다. 그리고 그 즉시 자색 머리카락의 이계인이 공중에서 갑자기 정신을 잃어버리고 아래로 추락했다. 땅에 쓰러지자, 한근농은 투박하기 그지없는 걸음걸이로 그 이계인에게 엉거주춤 다가갔다. 화산의 제자들이 대매화검진을 펼치든 말든 전혀 관심이 없는 듯 보였다.

지이잉—!

한근농이 이계인의 이마에 손가락 하나를 뻗더니 사이한 주문을 읊기 시작했다. 아직 대매화검진이 완성되지 않았지만, 정채린은 자신의 화산검을 빼 들었다. 당장 그 주문을 막지 않으면 안 될 것 같다는 이상한 예감이 든 것이다.

그녀는 한근농의 목을 겨냥하여 검기를 쏘았다. 뎅겅 소리와 함께 깨끗하게 잘려 나가는 머리. 그리고 그 잘린 단면으로부터 뇌수와 핏물이 지독히도 허무하게 바닥으로 쏟아져 내렸다.

내가 무슨 짓을 한 거지?

정채린은 머리를 잡고 흔들었다. 감성적이 될 시간이 없다. 그녀는 애써 마음에서 올라오는 모든 감정을 떨쳐 버린 채, 주변을 향해서 외쳤다.

"수(守)!"

그녀의 외침을 들은 모든 매화검수들은 검을 앞으로 빼들고 내력을 모았다.

"……."

"……."

침묵이 흘렀다.

머리가 잘린 한근농이나 바닥으로 추락한 이계인 중 누구도 엎어진 그대로 움직일 생각을 하지 않았다. 스물다섯 명은 긴장감을 놓지 않고 대기했지만, 계속해서 이어지는 묘한 침묵에 위화감을 느끼기 시작했다.

설마 정채린의 검기에 그냥 죽고 끝나 버린 것은 아닌가? 그러한 의문들이 매화검수들의 마음에 들어올 즈음 정채린이 말했다.

"외공(外攻)!"

안쪽으로 팔방을 점한 여덟 고수들은 그대로 있었고, 그 뒤에 선 열여섯 명의 고수들이 여덟 고수들의 양옆의 공간을 통해 종(縱)으로 검기를 쏘았다. 촘촘하기 그지없는 열여섯 개의 검기는 어디로도 피할 수 없고 오로지 위로 크게 도약하는 것 밖에 피할 길이 없었다.

써걱—!

살벌한 소리와 함께 열여섯 개의 검기가 모조리 한근농과 이계인의 몸을 훑고 지나갔다. 그리고 반대편에서 날아온 검기와 짝을 이뤄 중앙에서 맞부딪쳐 소멸했다. 수십 조각으로 나뉜 한근농의 몸은 그대로 고깃덩어리가 되어 그 속을 보여 주었다.

"수(守)!"

정채린의 외침에 다시금 스물네 명의 검수들이 모두 기본자세를 잡았다. 그녀가 눈에 내력을 불어넣어 자세히 안쪽을 보았는데, 역시 이계인의 몸은 전과 다를 것이 전혀 없었다.

정채린이 외쳤다.

"외공(外攻)!"

그녀의 말에 모든 검수들의 마음속에 의문이 떠올랐다. 이미 죽은 것이 확실하다 못해서 열여섯 조각으로 나누어 놓고 또다시 공격을 하겠다는 것인가? 아무리 한근농이 배신자라고 해도 그렇게까지 시신을 난도질하는 것이 옳은가? 하지만 대매화검진을 펼치는 와중이기에 정채린의 명령은 절대적이었다.

십육방을 점하고 있던 열여섯의 검수들은 또다시 검기를 뿌렸다. 열여섯 개의 검기는 마치 옥죄는 창살처럼 이계인과 한근농을 향해 날아갔다.

그때였다.

'휘릭' 하는 소리와 함께, 이계인이 공중에서 갑자기 반 바퀴를 굴렀다. 그러곤 그대로 자세를 잡아 쭈그려 앉았다. 양쪽의 쌍으로 된 눈동자를 가진 그의 눈동자 네 개가 이리저리 기묘하게 움직이며 자신의 앞으로 날아오는 네 개의 검기를 포착했다.

그의 눈동자는 더 이상 진한 자색 한 쌍이 아닌 연한 보랏빛 두 쌍이었다.

그 즉시 네 개의 검기가 소멸했다. 이계인은 씨익 미소를 지으며 그의 앞에 있는 매화검수를 보았다. 그리고 당장에라도 달려 나갈듯 미소를 지었는데, 그 미소를 본 앞쪽의 검수들은 평정심을 잃어 얼굴에 두려움이 피어올랐다.

이계인이 막 도약하려는 찰나, 뒤에서 날아오는 나머지 열두 개의 검기가 그의 몸을 훑고 지나갔다.

"크학!"

몸이 또다시 여러 조각으로 잘리는 듯했지만 이계인의 몸은 분리되지 않았다. 잘리는 그 순간에만 조각이 났지, 그 즉시 붙어 버리는 것 같았다.

열두 개의 검기 중 여덟 개만이 서로의 짝을 만나 소멸했고, 네 개의 검기는 계속해서 나아갔다. 그 방향에 있던 검수 네 명은 이계인이 열여섯 조각이 나고 즉시 몸이 이어지는 그 괴상한 광경에 눈을 빼앗겨서, 미처 그 검기에 미리 대처하지 못했다.

그들은 급히 보법을 펼쳤다.

오른쪽. 오른쪽. 오른쪽. 왼쪽.

왼쪽으로 한 발자국을 내민 이석추의 얼굴에 낭패함이 서렸다. 대매화검진에서 회피를 할 때는 언제나 오른쪽이며 왼쪽 방향은 뒤에 맡기는 것이 기본이다. 오랫동안 일선에서 물러나 이를 잠시 까먹고 있었던 이석추는 아쉽게도 자신의 본능대로 왼쪽으로 움직여 버린 것이다. 그동안 나지오의 호법을 항상 왼쪽에서 한 탓이기도 했다.

몸이 조각나는 고통에 몸부림치던 이계인의 네 개의 눈동자가 일순간 파르르 떨리며 움직이더니, 곧 이석추의 실수로 인해서 벌어진 틈에 고정되었다. 이계인의 얼굴에 사이한 웃음이 걸리는가 싶더니, 이내 그쪽으로 크게 도약했다.

"추(追)!"

정채린의 외침에 대매화검진 전체가 이계인을 따라 움직였다. 이계인은 그쪽 방향으로 계속해서 내달렸는데, 일부 검수들이 최대한으로 펼친 보법보다 조금 더 빠른 속도를 가진 이계인은 점차 대매화검진의 중심에서 벗어나고 있었다.

정채린도 보법을 펼쳐 그들을 따라가며 크게 외쳤다.

"탈(脫)!"

대매화검진은 이동할 때 그 특성상 이십오 명의 고수 중 가장 느린 자의 속도에 발을 맞출 수밖에 없다. 그렇게 하지 않으면 모양이 유지되지 않기 때문이다. 탈(脫)은 속력이 가장 빠른 자부터 느린 자까지 자신의 속도에 맞게끔 다시 대매화검진의 모양 세를 짜는 것으로, 가장 빠른 자가 앞으로 치고 나가고 가장 느린 자가 뒤쪽으로 선다.

그녀의 명령에 스물세 명의 검수들은 서둘러 자신의 자리를 찾아 움직였다. 언제나 함께 수련하는 매화검수들은 모두의 보법 수준을 자기 자신의 그것만큼이나 잘 알았기에 마치 하나의 생물인 것처럼 움직일 수 있었다.

문제는 세 명의 장로. 매화검수들은 당연히 그들을 가장 빠를 것이라 생각하고 앞의 세 자리를 비운 채로 움직였다. 하지만 정작 세 명의 장로들은 매화검수였을 당시를 기억해서 움직여 버렸다. 둘은 그런 대로 방향이 비슷하여 즉시 복구가 가능했지만, 한 명의 장로는 과거 매화검수 때 매우 느린 편에 속했기에, 자기가 가야 할 방향과 정반대로 움직여 버렸다.

이계인은 그 미세한 틈을 놓치지 않고 훌쩍 뛰어 버렸다.

탁.

그 이계인의 발끝이 닿은 곳은 외곽. 즉 팔방과 십육방 사이였다. 마치 성의 내벽과 외벽 사이에 밖으로 도주하려는 탈옥범이 들어온 셈이다.

"재(再)!"

정채린의 외침에 팔방과 십육방 사이에 새로운 팔방이 만들어졌다. 다만 본래 십육방에 속했던 자들은 그 뒤를 봐줄 사람이 없다는 것을 알기에, 전신의 내력을 긁어모아 검기 다발을 쏟아내었다.

수많은 검기 다발이 이계인에게 쏟아지는 동안 쫓아온 모든 이들이 다시금 팔방을 둘러싸 십육방을 점했다. 그리고 검기 다발을 쏘느라 내력을 쓴 자들이 뒤로 빠지면서 다시금 팔방을 만들었다.

"수(守)!"

검수들은 다시 준비 자세를 취했고. 가공할 검기 다발에 노출되었던 이계인은 정신을 차리지 못하면서 한쪽 무릎을 꿇었다. 그러면서도 네 개의 눈동자가 쉴 새 없이 움직이면서 검기 다발을 소멸시켰는데, 그것도 꽤나 힘이 드는 모양이었다. 검기를 상대하는 것이 힘들지 않았다면, 애초에 움직이지 않았을 것이다.

"외공(外攻)!"

정채린의 명령에 열여섯의 검수들이 연속적으로 검기 다발을 쏘았다. 이계인은 머리를 감싸 쥐고 고개를 이리저리 돌리면서 사방에서 쏟아지는 검기들을 네 개의 눈동자로 소멸시켰다. 하지만 그 이상은 어찌할 수 없는지, 전처럼 움직이지 못했다.

묘한 소각 상태가 이뤄지자, 정채린은 고민에 빠졌다. 검기를 쏘는 매화검수들이 먼저 지칠 것인가 검기를 소멸시키는 이계인이 먼저 지칠 것인가? 그저 눈으로 검기를 소멸시키는 걸 보면, 아마 매화검수가 먼저 지칠 것이다.

평소 훈련 때는 한 시진에서 두 시진까지도 연속적으로 검기를 쏠 수 있었다. 그만큼이라도 버틸 수 있다면?

정채린은 뒤를 보았다.

그곳에는 삼각형의 꼭짓점에서 가부좌를 틀고 앉아 있는 안우경이 있었다. 그런 그의 어깨에 한 손씩 올린 두 명의 장로가 뒤에, 그리고 그 두 장로 뒤에는 똑같이 손을 올린 세 명의 장로가 있었다. 그리고 하나둘씩 도착한 제자들이 앞다투어 그 뒤에 가부좌를 틀고 앉아 있었다. 그중에는 늦게 도착한 매화검수도 있었고, 이십이 채 되지 못한 청년 제자들도 있었으며, 수염도 나지 않은 어린 제자도 있었다. 항렬도 나이도 제각각이었지만, 그들은 한마음으로 그들의 모든 내력을 안우경에게 전달했다.

하나의 거대한 삼각형을 이룬 화산의 제자들. 한눈에 봐도 오십 명을 훌쩍 넘길 듯했다. 그들이 한데 모은 내력은 온전히 꼭짓점에 모였다. 그것은 안우경의 전신을 휘감았고, 이에 따라 안우경의 머리카락과 도포가 공중에 부유하고 있었다. 그리고 그 끝자락에서 마치 거미가 거미줄을 뿜듯, 실 같은 내력이 생성되었다. 흡사 우화등선하는 신선과도 같았다.

"Nmad!"

이계인이 갑자기 소리를 지르며 양손을 하늘 위로 뻗었다. 그 순간 정채린의 눈에 들어오는 것이 있었다. 한쪽에서 날아오는 작은 물체들. 안우경이 있는 쪽을 바라볼 수 있었기 때문에 시야에 들어왔지, 만약 이계인과 검수들 간의 싸움에 집중하고 있었다면 알지 못했을 것이다.

"수(守)!"

그녀는 수비하라는 명령을 내리곤 재빠르게 경공을 펼쳤다. 날아오는 물체가 가까워지면 가까워질수록, 그 물체가 날아가는 속도가 예상보다 너무나도 빠르다는 것을 알 수 있었다. 그녀는 도저히 시간을 맞추어 저지할 수 없다는 생각이 들자 매화검에 진기를 불어넣어 검 면으로 공중을 후려쳤다.

부우웅─!

검 면을 통해서 생성된 검풍(劍風)이 거대한 바람의 장벽을 만들었다. 그러자 날아가던 물체들 중 상당수가 속력을 잃고 바닥에 떨어져 버렸는데, 앞서 날아가던 세 개는 결국 검풍을 빠져나와 이계인의 손가락에 안착했다.

정채린은 바닥에 떨어진 일곱 개의 물체들을 보았다.

"월지!"

그녀의 말과 동시에 이계인에 오른손 엄지에 끼어진 한 반지에서 백색 빛이 흘러나오기 시작했다. 이계인은 역시나 사악한 미소를 지으면서 엄지를 높게 뻗어 하늘 높이 향했다.

그녀는 자신이 실책했다는 생각과 그것을 만회해야 한다는 생각에 큰 소리로 외치며 하늘 높게 도약했다.

"총공(總攻)!"

그녀의 외침에 모든 검수들의 검날에 검강이 맺혔다.

그와 동시에 안쪽의 팔방을 점하던 여덟 고수가 동시에 하늘 위로 뛰었다.

땅위에 열여섯.

하늘에 여덟.

모든 방위를 점한 스물네 명의 검수들은 각기 가진 전력을 모두 끌어모았고, 총 스물네 발의 검강이 이계인에게 쏟아졌다. 가장 높은 곳에 선 그녀의 허리가 활시위처럼 부드럽게 꺾이고 있었다.

대매화검진 총공에 유일한 생로가 있다면 바로 정상(正上)이다. 때문에 머리가 되는 검수 또한 총공에 가담하여야 하며, 바로 그 정상을 맡게 된다. 어차피 총공은 대매화검진의 모든 것을 건 마지막 공격이라, 더 이상 머리의 역할이 필요하지 않으니 머리 또한 전력의 일부분으로 정상의 방위를 점하는 것이다.

이계인이라 생로 같은 걸 잘 모를 수도 있지만 혹시 모른다. 정채린은 공중에서도 눈을 깜박이지도 않고 이계인을 주시했는데, 이계인의 표정은 여유로웠다.

그가 든 엄지의 백색 반지에서 흰빛이 강렬해졌다.

뽀—옹!

순간 거품 같은 소리가 나며, 반투명한 막이 백색 반지의 빛으로부터 출발하여 사방에 퍼져 나갔다. 그것은 눈 깜짝할 사이에 매화검수들을 덮쳤는데, 그들에겐 아무런 영향도 끼치지 않았다. 다만 그 막에 맞은 스물네 개의 검강은 그대로 흔적도 없이 소멸했다.

"……."

"……."

털썩.

털썩.

매화검수들은 아무런 말도 하지 못하고, 그 자리에 주저앉았다. 억지로 검강을 뽑아내느라 말할 힘도 없었거니와 말할 마음조차 사라졌다. 절정과 초절정이 한데 모여 전력으로 검강을 뽑어냈는데, 그것을 저리도 쉽게 막아 내다니? 이번엔 눈으로 보지도 않았다.

그것은 중원의 사고방식으론 이해조차 할 수 없는 것이었다. 이계인은 가소롭다는 눈빛을 하고는 오른손의 중지 하나를 뻗었다. 그곳에는 이미 사이한 초록 빛이 흘러나오고 있었다. 정채린은 다급한 마음이 들었다.

백색 반지가 검강조차 아무렇지도 않게 소멸시킬 정도의 능력이라면 그 녹색 반지의 능력은 무엇일지 생각도 하기 싫다. 하나 확실한 것은 이계인의 눈빛에 진득한 살기가 묻어 나오는 것으로 보아, 분명히 누군가를 죽음에 이르게 하는 마법임이 틀림없다는 것이다. 그리고 실제로 이계인은 그 중지로 한쪽을 가리켰다.

그곳에는 안우경과 그의 등 뒤에서 그에게 내력을 전해 주는 수많은 화산의 제자들이 있었다.

"아, 안 돼!"

정채린은 현 상황에서 온전히 움직일 수 있는 사람이 자신밖에 없다는 것을 깨달았다. 그녀는 이계인을 주시하며 그가 도약하는 때를 기다려 검강을 쏘려 했고, 이계인이 가만히 있어 그녀는 검강을 쏘지 않았기 때문이다.

마법으로 인해 검기도 검강도 소용없다면 직접 타격을 주는 수밖에 없다. 그녀는 최선을 다해서 경공을 펼쳐 이계인에게 다가가려 했다. 하지만 이미 몸이 공중에 뜬 상태라 아무리 경공을 펼쳐도 그 속도는 그렇게 빠르지 못했다.

대매화검진을 펼쳤던 세 명의 장로는 몸을 일으켰다. 전력을 다해 한 올의 힘도 남지 않은 것은 마찬가지지만, 장로라는 이름이 주는 무게가 그들의 몸을 움직였다. 그들은 수명을 대가로 선천지기를 짜내어 보법을 펼쳐 이계인에게 다가갔다.

하지만 공중에서 그것을 바라보던 정채린은 알 수 있었다. 아무리 장로들이 빠르게 다가간다 할지라도, 이계인의 마법을 멈출 수 없다는 것을.

정채린은 결국 검을 집어 던졌다. 그것은 백도의 고수로는 상상조차 할 수 없는 짓이었다.

"디컴포지션(Decomposition), 커헉!"

정채린의 검이 이계인의 입을 뚫어 버리곤 뒷머리에서 나왔다. 때문에 이계인은 그대로 뒤로 꼬꾸라졌다. 쓰러지는 그 와중에 막 도착한 세 명의 장로들의 검이 단전과 심장 그리고 머리를 꿰뚫었다. 그것은 이계인에게 목숨이 네 개가 있어도 살아나지 못할 치명상이었다.

하지만 그가 뻗은 녹색 반지의 초록 빛은 사그라지지 않고, 오히려 강렬해지더니 이내 안우경을 향해 쏟아졌다.

지—잉.

그 초록 빛이 안우경에 닿기 무섭게, 안우경과 팔로 연결된 장로, 그리고 그 장로들과 팔로 연결된 세 명의 장로, 그리고 그 뒤에 있는 모두를 덮쳤다. 삼각형의 꼭지점으로부터 그 마지막 줄까지 한데 훑은 초록 빛은 목적을 완수하곤 소멸했다.

디컴포지션.

세상의 모든 것은 그것보다 하위 단계의 또 다른 무언가의 조합으로 이뤄져 있다. 그것을 '부분'이라고 정의한다면, 디컴포지션 마법은 대상을 분해하여, 그 부분들을 나눠 버린다.

안우경을 비롯하여 그에게 내력을 나누어 주던 수많은 화산의 제자들.

그들의 몸이 부분으로 나누어졌다.

투드득.

투득.

눈. 뼈. 혈관. 근육. 피부. 고환. 뇌. 폐. 털. 심장. 위장. 식도. 손톱. 간. 발톱. 인대. 췌장. 머리카락. 피. 신경. 자궁. 소장. 대장. 혀.

모든 것이 분해된 채로 그대로 허물어졌다.

털썩.

누구는 정신을 잃었다.

"으아악!"

누구는 비명을 질렀다.

턱.

누구는 검을 놓쳤다.

그러곤 침묵이 찾아왔다.

"……."

"……."

침묵은 꽤 오래 이어졌다.

매화검수들은 때로 마인들을 처단하며 험한 꼴을 보았다. 그들은 말로 표현할 수 없을 만큼 잔인하고 역겨운 것을 보면서도 검을 움직여 악인을 처단했었다.

하지만 결단코, 지금 그들이 바라보고 있는 광경에 비할 바는 못 되었다. 스승이, 동문이, 제자가 한 줌 고깃덩어리와 핏물로 변해 흘러내리는 모습은 인간의 정신으로 온전히 감당할 수 있는 것이 아니었다.

스릉.

모든 이가 인사불성이 된 가운데, 정채린은 땅에 놓인 검을 들었다.

그리고 바닥에 쓰러진 이계인에게 다가갔다.

푹!

푹!

푸욱!

넣었다. 뺐다. 넣었다. 뺐다.

정채린은 그것을 기계적으로 반복했다.

그 소리에 겨우 정신을 차린 이석추 장로는 비명을 지르는 그의 육신을 억지로 움직여 정채린에게 다가갔다. 그리고 그녀의 양팔을 힘없이 붙잡았다.

"그, 그만……."

"……."

"더, 더 이상 마(魔)… 마에 지배되어선 안 되느니라."

"……."

"부탁한다. 제발 부탁한다. 넌 화산의 미래다."

정채린은 나지막한 목소리로 고개를 숙이며 말했다.

"소녀의 잘못입니다. 소녀의 어리석기 짝이 없는 판단이 이런 사태를 초래했습니다. 마지막에 장로님들처럼 선천지기를 쏟아부었다면 막았을 겁니다… 이 쓸모도 없는 하찮은 생명 따위를 소중히 하지 않았다면 이런 일은 없었을 겁니다."

높낮이가 전혀 없는 그 목소리는 고요했다. 하지만 그 마음은 이 세상의 그 어떠한 것보다도 혼잡했다.

이석추는 자꾸만 감기는 눈을 억지로 떴다. 그는 더 이상 정채린의 양팔을 붙잡고 있는 것이 아니라, 거의 그녀에게 기대고 있었다.

그가 미약한 목소리로 말했다.

"반대로 우리가 검을 집어 던졌다면 막았을 것이다."

"……."

"우리는 남은 삶이 적은 만큼 선천지기를 쉬이 사용할 수 있었겠지만, 그만큼 검과 함께 보낸 세월 때문에 미처 검을 던질 생각을 하지 못했다. 너 때문만은 아니야. 우리 모두의 잘못이다."

"……."

"네 잘못이 아니라 하지 않겠다. 그런 하찮은 위로로 마음이 움직일 아이가 아니니까. 하지만 속죄하는 방법이 잘못되었다. 화산을… 보다 더 위대하게 만들어라. 그게 진정한 속죄의 방법이다. 커흑."

정채린은 자신의 시선 아래로 쏟아지는 핏물을 보곤 흠칫 했다.

그녀는 떨리는 두 눈으로 이석추를 보았고, 그곳엔 감은 두 눈으로 핏물을 입가에서 흘리며 막 쓰러지려는 이석추가 있었 다.

"자, 장로님?"

정채린은 이석추의 몸을 잡았다. 그러곤 서서히 땅에 내려 놓았는데, 땅과 가까워지면 가까워질수록 그의 피부색이 창백 해졌다.

"아, 십 년만 젊었어도 네게 큰 힘이 되어……."

이석추는 말을 하다 말고 갑자기 몸을 던졌다. 정채린은 너 무도 놀라 뒤로 엉덩방아를 찧었는데, 이석추는 그런 정채린 위로 다시 몸을 던져 그녀를 뒤로 넘어지게 만들었다.

"자, 장로님?"

정채린은 땅에 누운 채로 자신을 덮친 이석추를 보았다.

이석추의 두 눈은 완전히 공허해져, 각각 다른 곳을 바라보 고 있었다.

정채린은 사시나무처럼 떨리는 두 눈으로 이석추의 뒤를 보 았다.

그곳에는 머리와 심장 그리고 단전과 입이 뚫린 채, 네 개의 연보랏빛 눈동자로 그녀를 바라보고 있는 이계인이 있었다.

그 이계인은 입가에는 사악한 미소를 걸고는, 흔들리는 약지를 겨우 움직이며 이석추에게서부터 정채린을 가리키려 했다.

약지에는 흑색 반지가 걸려 있었고, 점차 흑빛이 강해지고 있었다. 이석추는 마지막까지 몸을 던져 정채린을 마법으로부터 구해 준 것이다.

정채린은 이석추의 시신을 옆으로 밀어내고는 이계인에게 다가갔다. 그러곤 그녀를 겨우겨우 따라오는 이계인의 약지를 붙잡았다.

그리고 뒤로 꺾어 버렸다.

이계인은 입을 크게 벌렸지만, 비명은 나오지 못했다.

정채린은 굳은 표정으로 다른 손가락을 차례대로 꺾기 시작했다.

그렇게 모두 다 꺾자, 한쪽에 널브러져 있는 매화검에 시선이 갔다.

이번에는 그녀를 막을 수 있는 사람이 아무도 없었다.

*　　　　　*　　　　　*

띠익. 띠익. 띠익.

불편한 박자로 불편한 소리를 내는 불편한 마법 기구를 보며 운정은 불편한 기색을 감추기 위해서 노력했다. 그의 앞에서 이런저런 마법 기구들을 살피며 연구에 열중하는 로스부룩에게 실례가 될 수 있었기 때문이다.

띠익. 딱. 띠익. 딱.

그러나 그런 불편한 소리들이 하나둘씩 추가되자, 정신이 혼미해질 지경까지 이르렀다. 그것은 자연에선 절대로 들을 수 없는 일정한 음색이다 보니, 자연 속에서 자란 운정의 귀에는 특히나 더 민감하게 들린 것이다.

운정이 마음속에서 일어나는 짜증을 참아 내지 못할 때쯤, 로스부룩이 먼저 폭발해 버렸다.

"으아! 모르겠다. 도저히! 도저히 모르겠습니다. Yhw! Yhw! Tsuj llik em won."

거의 생명을 포기한 것 같은 절망적인 표정으로 로스부룩은 자신의 머리를 감싸 쥐더니, 곧 깊은 한숨을 쉬었다.

그는 천천히 운정에게 걸어와서 운정의 손가락과 허리, 그리고 눈가와 발목에까지 주렁주렁 달려 있는 각종 기구를 하나둘씩 떼어 놓아 주었다. 그에 따라 불편한 소리를 내던 마법 기구들이 하나둘씩 침묵하기 시작했고, 운정은 그것만으로도 상당히 기분이 좋아졌다.

로스부룩은 침울한 목소리로 중얼거렸다.

"고생하셨습니다. 몇 시진 동안 꼼짝없이 앉아 있었는데, 불평 한마디 하지 않고 대단하시네요."

운정은 방긋 웃으며 말했다.

"아닙니다. 제게도 좋은 일인데요. 그래서 어떻게 되었습니까? 보아하니, 잘 안 된 것 같긴 한데."

로스부룩의 표정은 더욱 어두워졌다. 마법 기구들을 하나 둘씩 치우는 그의 손길은 매우 힘이 없었다.

"분명 저주는 걸려 있습니다. 카운터스펠(Counterspell)이 없는 최상급이 맞습니다. 그리고 그 저주는 지금도 계속해서 발동하고 있습니다. 그 다크엘프는 곁에 맴돈다고 했지만 좀 더 정밀한 검사를 해 보니, 저주가 계속해서 발동과 거부의 연속에 있는 듯합니다."

"발동과 거부의 연속이라 함은?"

"그러니까, 밀물 썰물처럼 들어갔다 나왔다 하는 겁니다. 아주 빠른 속도로 반복되다 보니, 마치 곁에 맴도는 것처럼 보이는군요. 이 저주를 사람이 한 거라면, 매번 그 사람의 포커스를 뽑아먹어 진작 죽어 버렸을 겁니다. 하지만 문핑거즈의 저주이기 때문에 계속해서 남아 있는 듯합니다. 그동안 그 저주를 담당하는 반지는 무용지물이 되겠군요."

"……."

"하지만 이유를 모르겠습니다. 왜 저주가 발동되지 않는지."

"제가 중원인이어서 그런 건 아닙니까?"

로스부룩은 고개를 저었다.

"일단 그쪽으로 가닥을 잡고 실험했습니다만, 그건 아닙니다. 중원인이라고 마법에 면역인 것도 아니고, 또 특히나 저주에는 면역이라는 것이 없습니다. 근본적으로 저주는 마법이라기보단… 아, 이건 넘어가도록 하죠. 괜히 복잡해지니, 나중에 더 설명드리겠습니다. 하여간 제가 확인한 바로는 이런 현상이 일어나는 이유가 중원인이기 때문은 아닙니다."

변후의 몸에 들어갔던 마법사가 파인랜드식으로 마나를 재배열했음에도, 운정은 죽지 않았었다. 운정은 그것을 기억하면서 로스부룩에게 말했다.

"그럼 제가 익힌 무공 때문은 아닙니까?"

로스부룩은 팔짱을 끼고 말했다.

"그 가능성도 있습니다. 하지만 아닌 쪽이 훨씬 큰 것 같습니다. 선기라고 했던가요?"

"네."

"정확하게 선기가 어떤 것인지는 알 수 없지만, 우선 마나라고 해석했을 경우… 그것 때문은 아닙니다. 중원에는 기의 양과 질이 따로 있습니다만, 마법에는 오로지 마나의 '농도'라는 개념만이 있습니다. 그것이 곧 마나의 양이고 질입니다. 애초에 질과 양을 나누지 않으니, 선기라고 해서 특별히 다르지는 않을 겁니다."

"……"

"또 다른 점은 두 개의 패밀리어로 인한 특이 사항인데 그 또한 저주를 받고난 후에 일어난 일이니 말이 되지 않고… 그 전에 말씀하신 선인지체? 그것이 유일한 후보인 것 같습니다. 하지만 제가 그걸 확실히 이해하지 않는 한은 확인이 불가능하지만요."

그렇게 말한 로스부룩은 한쪽에서 펜과 종이를 가져왔다. 중원의 붓과는 판이하게 다른 그 도구에 운정의 눈길이 쏠렸지만, 로스부룩은 집중하느라 운정의 눈길을 보지 못했다.

로스부룩이 다시 말했다.

"일단 그 선인지체라는 것부터 정확하게 이해하고 넘어갑시다. 다시금 설명해 주실 수 있습니까?"

운정은 어디서부터 다시 설명을 해야 하는지 잠시 고민했다, 도문을 모르는 사람에게 도문의 가장 핵심인 선인과 그것을 이룬 선인지체를 어떻게 말해야 할까? 그는 최대한 도문의 특색을 빼고 전과는 다른 설명을 시작했다. 로스부룩 또한 운정이 마법에 대해서 이해하지 못할 때, 뼈는 반복적으로, 그러나 살은 다른 느낌으로 끈질기게 설명했었던 것을 기억한 운정은 그 방식을 따라 했다.

"사람이 모태에서부터 탄생할 때는 모두가 다 선인지체입니다. 하지만 세상의 공기를 마시고 세상의 음식을 먹으면서 그 불순물이 쌓이게 됩니다. 그것이 몸 안에 흐르는 혈맥을 막게 되어, 선천지기와 후천지기가 나누어지게 되는 것입니다. 그것을 다시 뚫거나 혹은 원래부터 막히지 않게끔 관리를 하면 태어날 때의 모습 그대로 선인지체를 이룩하거나 유지할 수 있게 됩니다."

로스부룩은 객잔에서 정신을 잃었던 운정과 처음 이계에서 만났었다. 그곳의 운정은 마법에 있어 최고의 경지인 트랜센던스였다는 것을 기억했다.

"어린아이의 몸과 같다. 그래서 아스트랄(Astral)에선 트랜센던스(Transcendence)의 모습을 가지고 계셨던 거군요. 특별히 뭐가 다른 겁니까?"

"우선 정해진 수명에서 벗어납니다. 노화가 일어나는 이유는 완전히 길이 막혀 채워지지 않는 선천지기가 점차 소모되기 때문인데, 후천지기와 선천지기의 차이가 없는 선인지체는 그 소모된 선천지기를 얼마든지 후천지기로 채울 수 있습니다. 물론 그 또한 한계가 있습니다만."

로스부룩은 몇 마디를 종이 위에 적고는 다시 말했다.

"선천지기와 후천지기를 좀 더 쉽게 설명해 주십시오. 타고나는 것과 이후에 만들어지는 것이라고 전에 말씀하셨는데, 재능과 노력은 또 아니라고 하시니 조금 헷갈립니다."

운정은 잠시 생각하더니 다른 의미로 선천지기와 후천지기를 정의했다.

"간단히 말하면 회복되어지는 것과 회복되어질 수 없는 것으로 나누면 됩니다."

"회복되어지는 것과 회복되어질 수 없는 것?"

"근육의 힘을 소모하고 충분한 휴식과 음식을 섭취하면 다시 회복되어집니다. 하지만 나이가 들어 골이 약해지면 그것은 회복되어지지 않죠. 사람의 몸에는 그렇게 계속해서 재활용을 할 수 있는 것이 있고, 점차 깎여 나가기만 하는 것이 있습니다. 그걸 기학적인 측면에서 봤을 때, 선천지기와 후천지기로 나누는 겁니다."

"오호?"

"그것의 구분이 없다는 건, 회복되어질 수 없는 것도 회복할 수 있다는 것이고 그런 몸이 바로 선인지체라는 겁니다."

펴질 줄 몰랐던 로스부룩의 미간이 활짝 열렸다. 그는 고개를 연신 끄덕이며 이리저리 글귀를 써 내려갔는데, 한문과는 판이하게 다른 문자였다.

로스부룩이 말했다.

"혹시 무당산의 정기를 잃어버린 지금도 선인지체이십니까?"

운정이 고개를 저었다.

"전 입선에 이르렀지만, 입신은 아닙니다. 무당산의 정기가 없다면 결국 제 몸은 선인으로서의 기능을 점차 상실하고 범인과 똑같아집니다. 선천지기와 후천지기의 구분이 없는 것은 같지만, 어차피 운용할 내력이 없으니 구분이 있는 것과 없는 것에 차이가 없습니다."

"그건 왜 그렇습니까?"

"무림인이 내력을 전신에서 한 바퀴 돌리는 데는, 후천지기 만을 하는 것을 소주천, 그리고 선천지기와 함께 하는 것을 대주천이라 합니다. 선천지기와 후천지기의 구분이 없는 선인 지체는 대주천을 통해서 그 둘로 서로를 채울 수 있습니다만, 저는 어차피 내력이 없어서 대주천을 하지 못합니다. 길이 막혀서 못 하는 것이 아니라, 충분한 물이 없어서 오가지 못하는 것입니다. 그리고 그 길도 세속의 탁기로 인해 언제 막혀버릴지 모릅니다. 사람이 걷지 않는 길과 물이 흐르지 않는 강은 언젠가 사라지게 마련이죠."

로스부룩은 낙서를 해 놓은 것 같은 종이를 한동안 내려다 보더니 이내 툭하니 말했다.

"흐음, 그렇다면 그 또한 저주가 발동되지 않는 이유를 설명 하진 않는 것 같습니다. 수명을 상대적으로 표현한 선천지기 라는 것은 상당히 흥미롭습니다만, 어쨌든 즉시 죽음을 내리 는 그 저주는 상대적인 것이 아니라 절대적인 겁니다. 얼마나 수명이 남았든 간에 영으로 되니까요. 그러니 마나로 수명을 계속해서 채울 수 있는 선인지체라고 해서 특별해지는 건 없습니다."

"……."

"하지만 실험해 보지 않는 한 모릅니다. 중원에서 일컬어지는 입신의 고수. 저희 말로는 트랜센던스가 최상급 보복저주에 죽느냐 안 죽느냐, 그 문제인 것 같습니다. 만약 그렇다면 조금 침울해지는군요. 운 소협이 최상급 보복저주에 당하지 않는 이유가 그저 트랜센던스이기 때문이라면… 그걸 스펠화 하는 건 불가능할 듯합니다만."

로스부룩의 어두운 표정에 운정이 말했다.

"무당산의 정기가 없는 지금은 범인과도 같습니다. 그 이유는 아닐 겁니다."

로스부룩은 한 면 가득 채웠던 종이를 노려보다가 마구잡이로 뭉치더니 뒤로 휙 하고 던졌다.

"그럼 실험을 위해서라도 무당산의 정기를 되찾아야겠군요. 그런데 그건 어떻게 없어진 겁니까?"

운정은 카이랄의 말을 간략하게 설명했다.

"그 연보랏빛 눈동자의 마법사가 어떤 마법을 실행하는 데 사용한 듯합니다. 정확하게는 모르겠습니다만, 어차피 소모되어서 복구가 불가능할 것이라는 말을 들었습니다. 듣기로는 초월마법이라고 했습니다만."

로스부룩은 그 이야기를 듣곤 턱을 집더니 말했다.

"흐음, 초월마법요? 한 산맥의 마나를 전부 사용할 정도의 마법이라면 초월마법이겠습니다만, 아무리 그 마법사가 뛰어난 마법사라도 홀로 그런 마법을 시전할 수는 없었을 겁니다. 적어도 수천 명의 마법사가 함께 시전하지 않는 한 말이죠."

"수천 명까진 아니고 오십에서 백 정도 되는 숫자의 마법사들이 함께 마법을 시전한 것 같긴 합니다. 산맥 전체에 걸쳐서 마법진이 펼쳐져 있었으니까요."

"그 정도라면… 뭐, 국가 수준의 마법이겠군요. 별을 떨어뜨린다던가, 차원의 문을 연다든가, 혹은 데빌(Devil)을 소환한다던가. 흠흠 직접 보지 않아서 어렵네요. 그들이 누굽니까?"

"죽음을 공부하는 마법사들인 것과 애루후가 섞여 있다는 것만 압니다. 그 외에는 오리무중입니다."

로스부룩은 그 말을 담담하게 해낸 운정을 찬찬히 보다가 이내 물었다.

"어찌 보면 사문을 멸문시킨 장본인들입니다. 복수하고 싶은 마음은 없습니까?"

"……."

운정은 가만히 있었다. 전에는 선기의 영향 때문에 복수심 같은 극단적인 감정은 그의 마음에 감히 침범도 할 수 없었다. 하지만 지금은 다르지 않은가? 그는 조용히 자신의 마음을 내려다보았으나, 이유를 알 수 없었다. 다만 한 가지 깨달는 것이 있었다.

그러고 보니 사부님의 죽음에 이르게 된 이유가 바로 무당산의 정기가 사라졌기 때문이 아닌가? 그렇다면 정기를 없앤 그자야말로 사부님을 죽인 원수가 아닌가?

운정은 손을 들어 입을 막았다. 지금까지 생각조차 못한 그 사실에 심장이 미친 듯이 뛰기 시작했다.

어째서 나는 그런 당연한 생각조차 하지 않았던가?

로스부룩이 그런 그의 모습을 보며 말했다.

"정말이지, 그런 부분에선 사람 같지 않군요."

"……."

운정은 머리와 마음이 모두 혼잡해져 도저히 아무런 대답도 할 수 없었다. 로스부룩은 그것을 운정이 더 이상 이야기하고 싶지 않아 한다는 뜻으로 오해하고는 다른 주제를 꺼내며 말을 돌렸다.

"뭐가 되었든 간에, 최상급 보복저주를 연구하는 틈틈이 생각해 보겠습니다."

아쉽게도 운정의 귀에는 그 말이 들리지 않았다.

*   *   *

덜컹.

정채린은 멍한 눈길을 들어 소리가 난 곳을 보았다. 그곳에는 녹준연이 창살의 문을 열고 안으로 들어오고 있었다. 그는 손에 곡물과 식물을 비벼 만든 주먹밥 같은 것을 싼 보따리를 들고 있었다. 그는 감옥의 한쪽을 안타까운 시선으로 바라보았다.

"사저, 또 안 드신 겁니까?"

정채린은 흥미를 잃었다는 듯 고개를 숙였다. 한쪽에 놓여 있는 반쯤 썩은 주먹밥. 그것은 녹준연이 어제 가져다 놓은 주먹밥이었다. 그는 그것을 다른 보자기에 싸 올렸다. 반쯤 썩어서 퀴퀴한 냄새가 진동을 해, 녹준연의 표정은 절로 일그러졌다.

그는 곧 새로 가지고 온 주먹밥을 다른 한편에 놓고는 그녀를 내려다보고 깊은 한숨을 쉬었다.

털썩.

그는 정채린 앞에 주저앉아 입을 열었다.

"언제까지 식음을 전폐하실 생각입니까? 피골이 상접해서 정 사저인지 아닌지도 모르겠습니다. 참회의 과정을 통해서 몸을 정화하려면 일단 몸이라도 건강……."

"할 생각 없다."

"……."

완전히 갈라진 목소리라 정채린의 바짝 말라 버린 입술에서 겨우 흘러나왔다. 녹준연은 아무런 말도 할지 못하고 그녀를 보았다. 그녀는 양팔로 무릎을 감싸고는 잔뜩 움츠러들었다.

"감히 할 생각이 없어."

"사저……."

녹준연이 손을 뻗어 그녀의 손목을 만지려 했다. 그러나 그 손이 닿기 전에 정채린은 그 손을 탁 쳐 내 버렸다.

"진맥해서 뭐 하게."

그래도 무림인의 감각을 완전히 잃어버리진 않는 듯했다. 녹준연은 그것에라도 감사하며 말했다.

"당연히 얼마나 마가 침투했는지 알아보려고 합니다."

"정화할 생각이 없다니까."

녹준연의 말이 조금 커졌다.

"돌이킬 수 없는 선이 있습니다. 고집 좀 그만 피우시고……."

"돌아가."

"사저!"

"돌아가, 녹 사제."

그녀의 말은 미약했지만, 거부할 수 없는 힘이 있었다.

녹준연은 한참을 그런 그녀를 바라보다가 곧 이를 악물고는 자리에서 벌떡 일어났다.

캉!

감옥의 철문도 제대로 닫지 않은 그는 그대로 정채린에게서 멀어졌다.

어둠 속에 정채린만이 홀로 남자, 그녀의 눈에는 눈물이 고이기 시작했다.

내가.

내가 죽인 거야.

내가 가진 선천지기를 온전히 바쳐서, 조금만 더 빠르게 그 간사한 입을 틀어막을 수 있었다면, 모두 다 죽지 않았을 텐데.

정채린은 양손을 들어 두 눈에 고인 눈물을 닦아 냈다.

아니야.

이석권 장로님의 말을 생각해 봐.

세 장로들이 나처럼 검을 던졌다면? 그랬다면, 그 마법사가 마법을 영창하지 못했을걸? 내가 선천지기를 폭주시키지 못한 것도 있지만, 그들도 자기 검을 버리지 못한 것을 생각한다면 오로지 내 책임이라고만은 할 수 없어.

정채린은 자신의 무릎 속에 두 얼굴을 푹 파묻었다.

그래서?

애초에 왜 그 상황에 총공을 명한 거지?

총공을 명하지 않고 다들 탈진하지 않았더라면, 한두 명 정도가 희생해서 그 마법을 막았을 수 있었을 거야. 내가 선천지기를 폭주시키지 못했고, 세 장로님들이 검을 던지지 못한 것을 떠나서 애초에 내가 총공을 명하는 잘못을 저지르지 않았다면 그런 상황이 만들어지지도 않았어.

정채린은 머리를 힘껏 들더니 두 무릎에 이마를 세게 박았다.

잠깐.

총공을 명하게 된 계기는 사실 장로님들에게 있지.

그들이 실수하지 않고 다른 매화검수들과 대매화검진 속에서 하나처럼 움직였다면, 총공을 명하게 된 상황도 나오지 않았을 거야. 하나처럼 움직여야 의미 있는 검진 속에서 그런 실수를 연발한 그들이야말로 가장 책임이 크다 할 수 있어.

정채린은 이를 부득 갈았다.

그들은 장로님들이야.

매화검진 같은 합격기는 수십 년 동안 생각도 안 해 봤을 거야.

땀을 흘리며 검을 휘두르는 공부에서 벗어나서 명상으로 주로 수련하시는 분들께서 그런 긴박한 상황에 젊은 제자들과 합을 맞추는 것이 가능할까? 사람 숫자가 부족해서 그런 일이 발생한 거잖아?

정채린은 두 주먹을 꽉 쥐었다.

누구누구지?

가장 먼저 와야 할 연놈들이 늦었어.

먼저 진연수. 그놈은 폐관수련에 들어갔다고 했나? 그러면 알진 못했을 거야……. 아니, 화산의 정기가 사라진 걸 몰랐다고? 수련 중에 있었다면 누구보다도 민감하게 알았을 텐데? 아마, 잠을 자고 있었겠지. 그리고 석왕조. 걔도 보이지 않았어. 임무 하나 끝났다고 또 몰래 사문을 빠져나가서 어디에서 술에 꼴아 있었겠지. 또 손소교. 피부 하나 백옥처럼 희어서 임무가 끝나면 피부를 관리해야 한다고 매번 난리 피우지. 옥녀탕에서 목욕을 하느라 나올 생각도 없었을 거야. 그리고 소청아. 그 애도 없었어. 어디서 또 남정네와 정이라도 통하면서…….

정채린은 꽉 쥐었던 주먹을 서서히 피고는 자신의 머리를 감싸 쥐었다.

그래서?

우리보다 더 책임이 중한 자리가 장로야.

장로는 어떠한 상황에서도 화산을 지켜야 하는 의무가 있어. 우리는 그저 장로들의 명령에 충실히 따르는 화산의 손발이지. 책임을 져야 한다면 우리가 아니라 장로들이지. 그러니까, 손발을 이끄는 내가 책임질 것도 없지.

그녀는 손톱을 세우곤 피가 나도록 머리를 긁었다.

등한시했지.

검풍 따위 멋없다고.

스승님이 활용도가 뛰어나니 매일 수련해 두라고 했잖아? 하지만 나는 건방지게도 검공을 열심히 익히면 알아서 따라오는 거라고 생각하고는 따로 거기에 힘쓰지 않았다. 그러니 일곱 개밖에 떨구지 못했지. 그 열 개를 모두 떨궜다면 아마 그런 일은 없었을 거야.

끼이익.

문이 열리는 소리가 들렸고, 머리를 파고들던 열 손가락이 멈췄다. 정채린은 나지막한 소리로 말했다.

"돌아가라고 했어, 녹 사제."

덜컹.

문이 닫히자, 정채린은 고개를 들며 버럭 소리쳤다. 그러니 그 소리는 곧 목구멍 안으로 기어들어갔다.

"정화를 할 자격 따위… 위… 위이… 흐. 흐. 흐으."

뭐?

저건 뭐지?

한근농?

한근농이 살아 돌아왔다?

정채린은 달달 떨리는 한 손을 들어 두 눈을 가렸다. 그리고 마구잡이로 다리를 움직여 뒤로 기어갔다. 그러면서 다른 팔을 흔들면서 괴성을 질렀다.

"으흑! 으. 오, 오지 마! 오지 마! 오지 말라고!"

어느덧 그녀의 등이 벽에 닿았다. 그녀는 소스라치게 놀라더니 곧 호흡을 멈추어 버렸다.

더는 물러날 수 없게 되자, 그녀의 눈빛이 갑자기 강렬하게 변했다. 무림인의 본능이 발동한 것이다. 그녀는 이리저리 양손으로 바닥을 잡았다. 그녀의 매화검을 잡을 수만 있다면 다른 소원이 없을 것 같았다.

"거, 검. 검. 검. 검. 검."

양손이 끊임없이 바닥을 더듬거렸으나, 검은커녕 기다란 막대기조차 있을 턱이 없었다.

"검. 검. 거엄. 거. 흐윽. 검. 흑. 흐그. 흐극. 허극."

갈피를 잡지 못하는 그녀의 허무한 손길이 계속될수록, 그녀의 표정에 그림자가 짙어지기 시작했다. 그리고 그림자에선 형용할 수 없는 공포가 떠오르기 시작했다.

결국 공포에 사로잡힌 그녀는 손에 느껴지는 돌멩이를 잡았다. 그리고 문을 향해 집어 던졌다.

던지고.

또 던지고.

손가락 마디보다 작은 돌멩이도 던졌고, 막 옆에서 기어가던 벌레도 집어 던졌다. 던질 수 있는 모든 것을 던졌고, 때문에 결국 그녀의 주변에는 아무것도 남지 않게 되었다.

아무것도 날아오는 것이 없자 그녀의 앞에 선 한근농의 두 진한 보랏빛 눈동자가 빛났다. 그는 마치 처음 입과 혀를 사용하는 것처럼 표정을 이리저리 괴상하게 움직이며 한 자씩 겨우 뱉어 냈다.

"더 이상은 소, 소용? 소용? 흠. 소용없다."

"……."

"도, 돌을 던지는 것은 내게 아무런 유익이… 유익? 아니, 영향. 영향이 없다. 사, 사저. 사저? 사저. 정 사저."

"……."

"다, 다칠 생각은… 흠. 다치게 할 생각은… 없다. 대화. 대화하자."

정채린은 굳은 얼굴로 한근농을 올려다보았다.

진한 보랏빛 눈동자. 모습은 한근농이지만, 그 속에 든 것은 한근농이 아닌 것이 분명했다. 그녀의 명령에 의해서 완전히 조각이 난 그 몸에는 마치 유리에 금이 가 있듯 이리저리 실핏줄이 가 있었다.

정채린이 그런 그를 위아래로 보더니 말했다.

"누, 누구지?"

한근농은 양손을 들어 자신의 턱을 틀어쥐었다. 그러고는 양손을 억지로 움직여 가며 입을 통제했다.

"이, 이름은. 디아투, 투으. 투으으. 트으. 트. 트. 디아트랙수. 수으. 스으. 수으. 스."

"뭐, 뭐라고?"

"디아투랙수. 아니, 디아트렉스."

"다투래수?"

"디아트렉스(Dia'Trax)."

"……."

"화, 화합. 화합? 합의. 합의. 거, 거래? 거래. 거래. 거래를 하자. 하자? 원한다? 하고 싶다."

한근농의 몸을 입고 있는 디아트렉스라는 자. 정채린은 이상하게도 그가 자신을 해하지 않을 거라는 느낌이 들었다. 조각난 육신이 이어진 그 모습은 괴기하기 짝이 없었지만, 당장에라도 허물어질 것 같았다. 식음을 전폐한 그녀의 작은 손짓 한 번만 닿아도 그대로 다시 시체로 돌아가리라.

그런 생각이 미치자, 그녀는 다시금 분노가 마음속에서 끓어오르는 듯했다.

"너, 너! 내 사제의 몸을 빼앗고 잘도. 잘도 내 앞에 나타났구나!"

그녀는 자리에서 일어나 한근농에게 성큼성큼 다가갔다. 그러나 그녀는 몇 발자국 가지 못해 넘어졌다. 후들거리는 그녀의 다리가 힘을 내지 못한 것이다.

우스꽝스럽게 넘어지고도 그녀의 의지는 변할 줄 몰랐다. 그녀는 힘을 내지 못하는 발을 두고 팔을 움직여서라도 한근 농에게 다가갔다.

그녀가 떨리는 주먹을 쥐고 한근농의 얼굴을 때리려는데, 그녀의 귓가에 한 목소리가 들렸다.

'사저.'

정채린의 주먹이 중간에 멈칫했다.

진한 보랏빛 눈동자를 쉴 새 없이 움직이며 정채린과 정채린의 주먹을 번갈아 보는 한근농은 그녀가 아는 한근농이 아님이 확실했다. 피하는 움직임조차 제대로 하지 못해서 눈알만 굴리고 있는데, 그런 인간이 어떻게 한근농이겠는가?

"그, 그 마, 마법사가 아니다."

"……."

"저, 적이 아니야. 다, 다른. 다른 사람? 사람. 사람… 존재. 존재이다."

"무슨 말이지? 네가 그 이계인이 아니라는 것이냐?"

그는 고개를 겨우 끄덕였다.

"아니다. 나는 디아트렉스. 다른 존재이다."

"무, 무슨 소리를?"

"나, 나를 받아 드, 받아, 받아 주, 받아 주어라."

"……."

"더, 더 이상 조, 존재 없다. 할 수 없다. 조, 존재할 수 없다. 내 이름을 밝히다. 밝혔다. 그러니. 그림자. 그림자에 넣는다. 흡수한다. 들어간다."

저벅. 저벅. 저벅.

갑자기 멀리서 발걸음 소리가 들리기 시작했다. 정채린이 눈길을 돌려 그쪽을 보니 횃불의 빛이 점차 다가오고 있었다.

정채린이 다시 한근농 쪽으로 고개를 돌렸다. 그러곤 기겁했다. 한근농의 몸이 갑자기 검고 맑게 변하더니, 그대로 땅에 흡수되듯 사라졌기 때문이다.

"뭐, 뭐야? 문이 열렸잖아? 녹 사형. 문도 제대로 잠그지 않은 거예요?"

반쯤 열린 문을 툭툭 치며 소청아가 날카로운 목소리로 물었다. 그러자 자신의 실수를 자각한 녹준연이 시선을 회피하며 말했다.

"그래도 다행이로군. 정 사저가 그대로 있어 줘서."

"으이구, 그걸 말이라고 해요?"

"……."

소청아는 감옥 안으로 들어갔다. 그리고 정채린의 몰골을 보고는 마치 더러운 오물을 보는 것처럼 역겹다는 감정을 표정에서 숨기지 않았다.

"사, 사저, 이, 이게 무슨 꼴이래요. 아이고, 참. 사저. 그러기에 왜 고집을 피우고… 아, 후. 증말. 그런데 뭘 그렇게 놀란 표정으로 봐요? 제가 찾아온 게 그렇게 놀랄 일이에요?"

그래도 그녀는 정채린의 옆에 와서 그녀를 부축했다. 정채린은 그녀의 부축을 받으며 밖으로 나가는 동안 정신을 차릴 수 없었다.

꿈이라도 꾼 것인가?

아니, 분명 현실에서 일어난 일인데?

그럼 환각이라도 본 건가?

그녀가 나오자, 녹준연이 다른 쪽에서 그녀를 부축하며 말했다.

"사저, 괜찮으십니까?"

그 말을 듣자 정채린은 그나마 상황을 이해할 수 있었다.

자신이 그들에게 붙들려 밖으로 나가고 있다는 것을.

"왜, 왜? 나를……."

녹준연이 말했다.

"화산파 최고 어른이 되신 이석권 장로님의 명이 있었습니다. 아무래도 그 일에 대해서 직접 듣고 싶어 하시는 것 같습니다."

"이석권 장로님?"

"예, 그분께서 가장 배분이 높으시니 아마 임시로 장문인의 역할을 하실 듯합니다."

"……."

정채린은 그 말을 듣고 순간 마음이 철렁일 정도로 엄청난 위기의식을 느꼈다. 하지만 그녀의 머리는 혼란으로 가득하여, 그 이유를 인지할 수 없었다.

第十七章

로스부룩은 가부좌를 틀고 앉아 깊고 낮은 심호흡을 반복
했다. 운정은 그런 그의 모습을 내려다보면서 그의 주변에 흐
르는 기류를 찬찬히 살펴보았다.

　"단숨에 이 정도라니. 집중하고 기를 느끼는 데 있어서는
무공이 마법을 따라갈 수 없겠어."

　운정은 감탄했다. 주변의 기를 느끼고 그것을 호흡을 통해
서 받아들이며, 받아들인 기를 몸 안에서 돌려 활용하는 중
원의 내공은 무공을 모르는 사람이 쉽사리 이해할 수 있는
종류의 것이 아니었다. 하지만 로스부룩은 한 시진도 채 되지

않아 운정이 가르쳐 준 가장 기본적인 토납법을 통해서 기를 이끌었다.

그리고 지금 그는 막 소주천을 끝내려 했다.

"후우우……."

로스부룩은 숨을 깊게 내쉬더니 곧 눈을 떴다. 그의 눈은 더욱 총명하게 빛났다.

소주천에 성공한 그를 보며 운정이 맑게 미소 지었다.

"어떠셨습니까?"

로스부룩은 기쁨이 가득한 표정으로 자신의 손을 내려다보더니 말했다.

"혁명적입니다."

"예?"

"이건 혁명 그 자체입니다. 포커스의 소모를 마나로 채우다니요. 이런 기법은 존재할 수도 없고 존재해서도 안 되는 금단의 기술입니다. 정말로."

"……."

"그리고 단순히 포커스의 소모뿐 아니라 몸도 날아갈 듯 가볍습니다. 너무나 상쾌하군요. 이렇게 짧은 시간에 이 정도의 회복을 할 수 있다면, 마법을 아무리 남발해도 지치지 않을 겁니다."

운정은 작게 웃더니 말했다.

"네 시진이 넘었습니다."

"예?"

"아, 한 다섯 시진은 되었을 것 같습니다."

그는 한쪽으로 가서 창문을 활짝 열었다. 거대하고 환한 보름달이 그들을 마주하고 있었다. 그 아름다운 광명을 보던 로스부룩은 믿을 수 없다는 듯 말했다.

"다, 다섯 시진이라니. 아무리 길게 잡아도 한 식경? 그 정도로밖에 느껴지지 않았습니다만."

"그만큼 집중하셔서 그렇습니다."

"……."

그는 입을 딱 벌리더니 곧 침울한 표정이 그의 얼굴에 감돌았다. 다섯 시진 동안 쉬어서 그 정도의 회복을 한 것이라면, 혁명적인 회복 방법이라 부르긴 너무나 민망했다. 숙면도 그 정도의 효과는 낸다.

운정이 말했다.

"그래도 내공에 숙달한 무림인은 그 시간을 반 시진 이하로 줄일 수 있습니다."

로스부룩의 표정이 금세 밝아졌다.

"정말입니까?"

"방금 로수부루께서 하신 것은 가장 기본이 되는 토납법으로 이것을 빠르고 신속하게 혹은 이런저런 특색을 입힌 수많은 내공심법이 중원에 있습니다. 사실 방금 하신 토납법으로는 기가 몸에 거의 모이지 않고 밖으로 흩어져 버리기에 내공이라고 부를 수도 없는 것입니다."

"그, 그렇군요? 어쩐지, 몸에 마나가 짙어진다는 느낌은 없었습니다."

운정은 보름달을 올려다보며 말했다.

"조금 늦은 것 같습니다만, 괜찮을 겁니다."

로스부룩은 순간 그가 무슨 말을 하는지 몰랐다. 하지만 곧 그가 들고 있는 두루마리를 보곤 선약이 있었음을 깨달았다.

"아 참, 중간에 깨우시지 그러셨습니까?"

"그랬다간 그대로 피를 토하고 온몸이 만신창이가 되었을 겁니다. 말씀드렸다시피 심신의 회복력은 빠르나, 그만큼 위험 부담이 크기 때문입니다. 옆에서 어린아이가 건드려도 돌이킬 수 없는 내상을 입거나 지금까지 쌓아온 내력을 잃어버릴 수도 있습니다."

"그렇군요, 흐음. 역시 완벽한 것은 없나 봅니다. 하지만 상황에 따라선 이만큼 황당한 것도 없을 것 같긴 합니다."

그렇게 말한 로스부룩은 방의 한쪽으로 걸어갔다. 그리고 중원에서 볼 수 없는 이상한 형태의 겉옷을 입고는 운정을 돌아봤다.

운정이 말했다.

"괜찮겠습니까?"

로스부룩은 걱정하지 말라는 듯 자신의 겉옷가지를 들어 보였다.

"이것은 스승님께 주신 페이즈 클록(Phase Cloak)으로, 공간 마법을 도와주고 은밀히 시전하게 해 주는 효과가 있습니다. 화산에 다녀오는 동안 잘 충전되었을 테니, 지금 쓰기 적합할 것입니다."

"은밀히 다녀올 수 있다니 다행입니다. 아직 제 친우에 관해서는 천마신교에 알리기 조금 그렇습니다."

"동감합니다."

머혼이 말하길, 천마신교는 엘프란 존재에 대해서 강한 적대감을 가지고 있다고 했었다. 또한 카이랄 본인도 자신의 존재가 드러나는 것을 상당히 꺼려했음으로, 운정은 그의 존재를 천마신교로부터 숨겼었다.

때문에 그를 만나러 가는 지금, 로스부룩의 도움을 받아야만 하는 것이다.

로스부룩은 그 특이한 겉옷을 활짝 펼쳐 운정에게 보였다.

"품으로 들어오시지요. 스승님이 꽤나 오랫동안 공들여 만들어 준 겁니다. 지팡이가 없어 여러모로 귀찮다고 떼를 썼더니 주었죠."

"그런데 품으로 들어오라는 건 무슨 말입니까?"

"이 겉옷 안에 계셔야 합니다."

"……"

"걱정 마십시오. 남자에겐 관심 없으니."

운정은 꺼림칙한 기분이 들었지만, 그 로스부룩의 품 안에 들어가지 않을 수 없었다. 로스부룩은 장난기 가득한 표정을 지었는데, 운정은 억지로 그 표정을 보지 않기 위해서 눈을 감아야 했다.

로스부룩이 그 겉옷으로 운정을 완전히 감싸자, 눈을 감고 마법을 영창하기 시작했다. 그러자 그 겉옷에서부터 금색의 글귀가 떠올라 서서히 빛나기 시작했다.

파스슷.

작은 번개가 겉옷 위로 흐르고, 그들은 순식간에 그 자리에서 사라져 버렸다.

마법에 의해 세상이 완전히 뒤집어질 듯했다. 그러나 마법의 힘은 세상의 탄성을 이길 정돈 되지 못했고, 곧 세상은 다시 퉁 하고 튕겨져 원래대로 돌아갔다. 다만 그 와중에 그 중심에 섰던 로스부룩과 운정이 그 힘에 밀려 다른 곳으로 착지했을 뿐이다.

"으아악."

북남동서상하. 평생을 살면서 이 여섯 개의 방위로만 움직여 보았던 운정은 그 외의 방향이 존재하는 줄도 몰랐다. 그러니 그곳으로 잠시 동안 여행을 다녀온 그가 비명 한마디 질러서 이성을 되찾은 것은 그가 가진 오성이 크게 한몫을 한 것이다.

로스부룩은 익숙한 듯 머리를 몇 번 흔드는 것으로 정신을 차렸다. 그는 엎어져서 허우적거리는 운정의 등에 손을 올려놓았고, 운정은 반사적으로 몸을 일으키며 그 손을 잡고는 그대로 꺾으려 했다.

"아아앗."

작은 신음에 운정은 급히 손을 놓았다. 로스부룩은 반쯤 꺾인 손목을 풀어 주면서 퉁명스럽게 말했다.

"감사 인사는 잘 받았습니다."

운정의 얼굴에 미안한 기색이 떠올랐다.

"아, 죄송합니다. 경황이 없어서… 그런데 여긴?"

"낙양 시내에서 조금 벗어난 산입니다. 저쪽이 바로 낙양입니다."

로스부룩이 가리키는 방향을 보니, 과연 불야성(不夜城)이 따로 없었다. 보름달이 내는 불빛보다 수배는 더한 밝은 빛을 내는 낙양은 자연이 만든 아름다움에 못지않은 인간의 예술성을 뽐내고 있었다.

로스부룩은 앞장서서 걷기 시작했고, 운정은 서둘러 그를 따라갔다. 그렇게 얼마 걷지 않아 그들은 큰 동굴 하나를 보았다. 그 입구에 드리운 어둠 속에서, 번쩍 떠 있는 두 개의 백색 눈동자를 만날 수 있었다.

카이랄이었다.

"늦었군."

운정이 뭐라 말하려는데, 로스부룩이 먼저 말을 꺼냈다. 그는 운정을 배려하는 마음으로 한어를 사용했다.

"중원의 기술을 배우다가 늦었습니다. 그게 한번 시작하면 끝내긴 어렵더군요."

카이랄은 검은 치아를 드러내며 말했다.

"아아, 알지. 중원인들은 그때 기습하면 아무것도 못 해."

그 사실을 과연 어떻게 알아냈을까? 로스부룩은 심히 궁금해졌지만, 운정이 빠르게 말함으로 로스부룩의 말을 막았다.

"시간이 부족해?"

카이랄은 고개를 저었다.

"아슬아슬하다. 가기 전에 천마신교에 대해서 이것저것 물어보고 싶었지만, 다음을 기약해야겠지."

카이랄이 동굴 안으로 들어가자, 그의 기척이 완전히 사라졌다. 동굴의 축복은 빛 의외에 모든 것을 숨긴다. 그런데 눈으로도 볼 수 없게 되니 정말로 존재감이 완전히 사라져 버렸다.

로스부룩은 막상 따라 들어가지 못하고 머뭇거렸다. 그도 그럴 것이 카이랄은 오로지 운정에게만 호감을 가지고 있을 뿐, 로스부룩과는 아무 상관도 없었다. 그리고 다크엘프에게 있어 아무 상관도 없다는 건, 그렇기에 죽여도 상관없다는 살벌한 의미를 내포하기에 로스부룩이 동굴에 들어가기에 앞서 침을 꼴깍 삼키는 것은 당연했다.

운정이 먼저 그를 지나쳐 들어가며 말했다.

"내게 도움을 주는 은인이니 적어도 함부로 대하진 않을 겁니다. 걱정 마십시오."

로스부룩은 여전히 갈등했다.

운정을 따라 안으로 들어간다면 그와 카이랄 사이에서 오가는 대화를 들을 수도 있고 카이랄과 친분을 만들 수도 있다. 하지만 일이 잘못된다면 생명을 잃을 수도 있다.

그때 카이랄의 메시지(Message)가 그의 귓가에 당도해 그의 결정을 가속했다. 그는 결국 그의 성격대로 대답했다.

"여기서 기다리지요."

"정말입니까? 궁금한 것이 많을 텐데요?"

"많고 또 많습니다만… 전 제 호기심보다 제 생명을 우선시하는지라, 하하하. 말씀드린 대로 해가 지기 전까진 돌아오셔야 합니다. 은닉(隱匿)의 마법은 해가 뜨고 나면 효과가 아주 반감되니 아마 들키게 될 겁니다."

"그렇습니까? 그래도 직접 이야기를 하는 편이 좋지 않겠습니까?"

"운 소협을 믿겠습니다. 저희 입장을 잘 전해 주십시오."

로스부룩은 손을 흔들었고 운정은 곧 포권을 취한 뒤 안으로 들어갔다.

"후우."

운정이 완전히 사라진 것을 본 로스부룩은 다시 눈을 감고 몇 마디 중얼거리며 마법을 시전했다. 그리고 연거푸 다른 마법들을 시전한 뒤, 그는 자신의 엄지를 귀에 그리고 소지를 입가에 가져가 이계어로 말했다.

"아아, 들리십니까?"

그의 말은 그의 마법에 의해서 밖으로 퍼져 나가지 않았다.

[응, 잘 들린다. 도사는 다크엘프와 만났나?]

놀랍게도 그의 엄지에서 머혼의 목소리가 흘러나왔다.

로스부룩은 그 자리에 푹 주저앉으면서 말했다.

"예, 만나는 것을 확인했습니다. 동굴로 들어가더군요."

[너는?]

"들어가기 좀 뭐해서 안 들어갔어요."

[왜? 그냥 들어가지?]

"그 다크엘프가 메시지 마법으로 도사 몰래 제게 말했습니다."

[뭐라고?]

"선택은 자유지만, 그 대가는 필연적이라고."

[……]

"아예 대놓고 죽이겠다는 거 아닙니까?"

[그보단 완전히 자기들의 편이 될 거 아니면 빠지란 뜻이야. 어설프게 자신들의 이야기를 엿들었다가 조금이라도 다른 편을 들면 죽이겠다는 뜻이지.]

"예, 예. 그런 뜻일지도 모르겠습니다만, 뭐 전 죽기 싫어서 그냥 기다리기로 했습니다."

[뭐, 잘했어. 그들과 한편이 된다는 건 말 그대로 생명을 주고받을 정도로 한편이 된다는 거야. 인간의 입장에선 지극히 부담스러운 거라고.]

"그럼 운정 도사도 위험한 건 아닙니까?"

[그래서?]

"예?"

[위험해서 뭐?]

"……"

[착각하지 마라, 로스부룩. 우린 델라이 왕국을 대표해서 중원에 와 있는 거야. 네 학구열은 언제나 존중하고 또한 존중받아야 마땅하지만 왕국의 국익보단 앞설 수 없어. 운정 도사가 죽는다면 굉장히 아쉬운 일이지. 나도 매우 아쉬워할 거

야. 하지만 슬퍼해서는 안 된다. 그 선을 잊지 마라.]

　　로스부룩은 입술을 살짝 물더니 말했다.

　　"아, 압니다. 누가 뭐라 했습니까? 제 말은 운정 도사가 죽는다면 그에게 무공을 빼먹는 게 불가능해져서 그런 거 아닙니까?"

　　[넌 맨날 나한테 그러지. 내가 정에 약하다고. 하지만 너야말로 나만큼 정에 약해, 로스부룩. 그래서 널 좋아한다만, 적어도 나는 책임감이란 게 있어. 넌 그것도 없잖아? 그래서 내가 이번 사절의 대표인 거고.]

　　"……."

　　[네가 선포한 대로 정보 교환, 지식 교환, 딱 그 정도에서 멈춰라. 마음까지 교환하지 말고. 하긴 그 얼굴이니 남자라도 충분히…….]

　　"끊습니다."

　　로스부룩은 손을 두어 번 정도 탁탁 털었다. 그러자 그의 엄지와 소지에서 미약하게 빛나던 불빛이 사그라졌다.

　　그는 곧 동굴 쪽을 한번 보더니 이내 고개를 돌리곤 그 자리에 누워서 하늘에 뜬 보름달을 보았다.

　　"넓은 밤하늘이 정말 휑하네. 딱 한 개라니… 그러니 밤이 이리도 어둡지. 그 다크엘프 놈이 중원을 좋아하는 이유를 알겠어. 에구구. 참, 조류를 계산하긴 편하겠네. 그러고 보니 아직까지 바다를 못 봤네. 그래도 바다가 있기는 한 거겠지? 이 많은 생명이 숨을 쉬려면 바다가 없음 안 될 텐데."

그는 그렇게 중얼거리며 지루한 중원의 밤을 보냈다.

＊　　　　＊　　　　＊

운정과 카이랄은 서서히 더 동굴의 깊은 곳으로 걸었다. 끈적끈적하고 습한 기운이 점차 강해짐에 따라 동굴 이곳저곳에서 각양각색의 버섯들이 보이기 시작했다. 그중에는 먹음직스러운 것도 있었고, 알록달록한 독버섯도 있었다. 산에서 지내며 많은 버섯들을 보아온 운정조차도 난생처음 보는 버섯이 많았다.

카이랄이 말했다.

"앞으로 걸어가는 곳은 내 고향이자, 다크엘프의 성지 중 하나인, 요트스프림(Yottspreme)이란 곳이다. 다크엘프 외에는 십 년에 한 번 오면 많이 오는 것이다. 영광으로 생각해 주었으면 하는군."

운정은 그의 말에 발길을 멈출 수밖에 없었다.

"무슨 소리야, 갑자기? 네 고향? 네 고향이 중원에 있다고?"

카이랄도 발걸음을 멈췄다. 그러곤 손으로 동굴을 감싸고 있는 듯한 버섯들 중 하나를 뽑아서 운정에게 보여 주었다.

"엘프의 뿌리는 식물이다. 이 버섯, 우리가 악숀테크 (Axyontec)라고 부르는 이것이 자라는 곳이면 어디든 다크엘 프의 성지로 이어져. 중원에서 내가 해야 하는 가장 큰 임무 야말로 이것을 길러내는 것. 그것을 통해서 중원과의 통로를 만드는 것이다."

"……"

"인간은 흉내 낼 수조차 없다. 차원에 대한 그들의 이해로 는… 겨우 열 명 이하의 사람을 이동시키는 데도, 계산하는 것조차 엄두가 나지 않는 방대한 양의 마나가 필요하지. 하지 만 이것은 오랜 시간이 걸리는 대신, 마나를 필요로 하지 않 는다."

"이런 방식으로 그냥 걸어서 차원을 이동하는 거야?"

"차원 이동은 그림자를 통해서 하는 것이다. 이건 그것과는 조금 달라. 누구든 요트스프림으로 들어온 자는 들어온 문으 로만 나갈 수 있다. 중원에서 들어왔다면 중원으로만 나가야 하니, 파인랜드로는 갈 수 없지. 따라서 차원 이동이라는 말 은 성립되지 않는다. 다만 그 안에서는 서로 간섭할 수 있으 니… 차원 접촉이라 하면 괜찮겠군."

카이랄은 너무나도 쉽게 기밀이라 할 수 있는 이야기를 술 술 말해 주고 있었다. 그만큼 그는 운정을 신뢰한 것이다.

운정은 묻지 않을 수 없었다.

"카이랄. 전에 너는 분명한 선을 그었었어. 네게 있어 나는 딱 네 자신만큼이라고. 그래서 네 자신보다 소중한 네 일족의 것에 대해선 양보할 수 없다 했었지."

"분명히 그랬지."

"지금 말하는 것은 확실히 네 일족에 관한 것 같은데 무슨 변화가 있었던 거야?"

카이랄은 별거 아니라는 투로 말했다.

"우리 일족의 장로들이 널 요트스프림으로 초대한 것은 널 일족의 은인으로 인정했다는 뜻이다. 게다가 직접 만나겠다는 건 그만큼 널 인정한다는 것이고, 일족의 장로들이 인정한 네게 내가 더 숨길 건 없다."

"흐음."

"인간의 입장에선 갑작스러울 수 있다고 생각한다. 그래서 네게 같은 수준의 마음을 강요하지 않겠다. 하지만 그렇게 되기를 기대하지."

"예를 들면?"

"네가 네 사문을 생각하는 그 위치에 나의 일족을 같이 놓아달라고 말이다."

카이랄은 그렇게 말한 후 걸음을 걷기 시작했다.

운정은 그를 따라 걸으며 그 말에 담긴 의미를 생각하며 깊은 생각에 빠졌는데, 문득 동굴 바닥이 시야에 들어왔다. 그는 팔짱을 끼더니 이젠 발 디딜 틈조차 없을 정도로 많아진 버섯들을 내려다보았다. 입구에선 아주 다양했었는데, 이젠 아까 카이랄이 집어 들었던 그 버섯이 반 이상을 차지하고 있었다.

운정은 솔직한 심정을 말했다.

"미안하지만, 난 내 사문을 그리 중요하게 생각하지 않아."

카이랄은 별거 아니라는 투로 대답했다.

"그렇게 네가 말하는 건 많이 들었다. 하지만 어찌 되었든 넌 사문을 다시 세우려고 하고 있지 않는가? 그렇다면, 네게 있어 가장 중요한 과제가 되는 건 맞다."

"말했잖아, 단순히 사부님 때문에 그렇게 생각했다고. 이젠 나도 몰라. 선기를 되찾아서 신선의 몸을 입지 않으면 내가 하는 모든 생각은 결국 의미가 없다고. 그러니 우선 그것만 생각할 거야."

카이랄의 입꼬리는 올라갔지만, 살짝 뒤에서 걷는 운정은 그것을 볼 수 없었다.

카이랄이 말했다.

"그러려는 네 욕심조차도 결국 네 사문을 세우기 위해서라고 나는 생각한다."

"어째서?"

"너는 사부님의 가르침 속에 있는 그 순수성을 유지한 채로 네 사문을 다시금 세우려고 하고 있어. 무엇이 순수한지, 그것을 바로 보기 위해서 전에 네가 올랐던 그 지고한 경지에 이르려 하는 것이겠지."

"......"

"네 자신을 비하할 필요는 없다, 운정. 넌 선하다. 수많은 인간들을 봐온 내가 장담하는데 넌 선한 자야. 선악을 스스로 구분하는 인간에게서 극히 찾아보기 어려운 특색을 지녔어. 모종의 일로 인해서 네 눈빛이 탁해지고, 마음이 작아지고, 자신감을 잃어버렸어도, 그 영혼의 중심은 그대로이니 내가 한 걱정은 괜한 것이었군."

운정은 아무런 말도 할 수 없었다. 눈물이 나오는 격한 감동은 아니지만, 잔잔한 따뜻함이 스며드는 부드러운 감동이 가슴에 몰려왔기 때문이다. 가끔씩 등 뒤가 기분 좋게 아려오는 그 감정을 붙잡고자 운정은 최대한 편안하게 걸음을 옮겼는데, 갑자기 눈앞에 나타난 광경에 그 좋던 기분이 송두리째 달아나는 것 같았다.

하나, 둘, 셋, 넷.

총 네 명의 카이랄이 그들의 독문무기를 허리에 차고 거대한 버섯 앞에 서 있었다. 버섯은 전에 카이랄이 집어 들었던 그 버섯과 동일한 종류로 보였는데, 다만 보통의 사람보다 대략 다섯 배 이상은 더 커서 그 줄기가 마치 거대한 대문과도

같아 보이는 것이 다른 점이었다. 또한 그 주변으론 같은 종류
의 작은 버섯들이 수없이 가득했다.

그 앞에 서 있던 네 명의 카이랄들은 운정을 이끌고 온 카
이랄을 보곤 경계의 눈빛을 했다.

운정을 이끈 카이랄이 그들에게 말했다.

"Kiraal."

경계를 서고 있던 카이랄들 중 한명이 그에게 다가왔다. 그
러곤 운정이 난생처음 들어 보는 억양과 발음으로 몇 마디를
주고받더니, 고개를 끄덕이곤 다시 제자리로 갔다.

카이랄이 운정을 뒤돌아보며 말했다.

"운정. 들어가도 되… 아, 설명을 안 했군."

경악한 운정의 표정을 보자 카이랄은 자신의 실수를 자각
했다.

운정은 연신 피부에서 일어나는 소름에 팔을 비비면서 말
했다.

"다섯 쌍둥이는 아니지?"

카이랄은 피식 웃더니 말했다.

"인간의 입장에선 상당히 곤혹스럽게 느껴지겠어. 원래 우
린 다 똑같이 생겼다."

"뭐라고?"

"다 똑같이 생겼다고, 요트스프림의 다크엘프들은."

"……"

"같은 일족끼리는 이름을 이야기하지 않으면 서로가 누구인지 알아보지 못해. 인간처럼 개인의 정체성을 드러내지 않으니까 말이지."

"그, 그런? 말도 안 돼. 그러면 어떻게 사회가 이뤄지는 거야?"

"그건 나야말로 궁금하다. 그렇게 서로 각기 다른 인간들은 어떻게 모여서 사회를 이루는 거지?"

운정과 카이랄은 서로 반대되는 궁금증을 품었지만, 그 궁금증은 어찌 보면 같은 것이었다. 게다가 운정은 자라온 환경상 그 질문에 답을 해 줄 수가 없었다.

운정이 대답했다.

"사회하곤 나도 거리가 멀어서. 뭐, 로스부룩에게 물어봐 줄게."

순간 카이랄의 눈빛이 낮게 가라앉았다.

"로스부룩이라면, 그 델라이의 마법사 말이로군. 그렇다면 물어보지 않는 것이 좋겠다."

"왜?"

"그와 같은 현자라면, 그것 하나를 물어보는 것으로 많은 걸 유추할 수 있을 테니. 일단 지금은 들어가도록 할까?"

"그냥 거대한 버섯 하나가 있는데 어떻게?"

"그 안으로 비집고 들어가면 된다. 좌우로는 쉽게 찢어지니, 그걸 따라서 들어가면 돼. 먼저 시범을 보여 주지."

카이랄은 그렇게 말한 후에, 그 거대한 버섯 앞에 섰다. 그러곤 두 팔로 그 버섯 기둥의 결을 찾은 다음 그 결대로 버섯을 세로로 찢어 그 안으로 서서히 몸을 집어넣었다.

그가 그렇게 완전히 들어가자, 운정은 살벌한 눈빛을 가진 네 명의 카이랄들과 남겨졌다.

"……."

"……."

"……."

"……."

"……."

어색한 분위기 가운데 운정은 서둘러 거대한 버섯에 손을 넣어 보았다. 그러자 마치 휘장을 옆으로 미는 것처럼 손쉽게 갈라졌다. 그는 서서히 그의 몸을 그 속에 넣었고, 이내 그는 그 속으로 완전히 사라졌다.

버섯의 속은 끝없이 이어졌다.

마치 '반투명한 휘장'이 무한이 겹쳐진 곳을 걷는 것 같았다. 또 어떻게 보면 '얇은 안개'가 끊임없이 이어지는 거대한 동공 같기도 했다. 빗겨 가는 버섯의 결은 부드럽고 신축성이 강해 계속해서 몸 위를 쓸었는데, 워낙 촘촘하다 보니 마치 습한 공기 속을 걷는 것과 같은 답답함이 전신에서 느껴졌다. 혹은 완전히 갇혀진 곳을 홀로 뚫으며 걷는 것같이 느껴지는가 하면 안개로 가득한 거대한 동공을 걷는 것같이 느껴지기도 했다.

다행히 호흡이 어렵거나 걸음이 무겁지는 않았다. 그래도 팔을 앞을 쭉 뻗고 앞에 있는 버섯의 결을 가르지 않으면 안 될 정도의 적당한 압박감이 있었다.

중원의 그 어떠한 장소도 이것과 유사하지 않을 것이다. 운정은 완전히 새로운 그곳의 광경에 정신이 팔렸다. 그 때문에 앞서서 걷던 카이랄이 자연스레 멀어졌다. 그의 모습이 흐려져 곧 보이지 않을 정도로 변하자 운정은 다급하게 말했다.

"카, 카이랄!"

운정은 그를 부르며 앞으로 달려 나갔다. 하지만 한번 속도를 내니 버섯이 주는 반발력이 더욱 심해져 많은 힘이 필요해졌다. 전신을 쓸어내리는 반투명한 휘장은 거친 천이 되었고, 전신을 압박하던 안개는 진흙이 되었다. 그것을 이겨 내고 억지로 뛰니, 몇 발자국뿐인데 벌써 호흡이 차, 숨을 헐떡이기 시작했다.

다행히 운정은 카이랄의 어깨에 손을 댈 수 있었다.

"후우. 후우. 카이랄!"

운정의 말에 카이랄이 뒤를 돌아보았다. 그는 운정의 얼굴을 확인하더니 곧 맹수의 표정으로 돌변했다. 당장에라도 칼을 휘둘러 살해할 것만 같은 표정. 그리고 실제로 카이랄의 손에는 운정에 전에 봤던 류검이 들려 있었다.

부— 웅!

버섯이 세로로 찢어지며 운정의 머리로 떨어졌다. 운정은 지친 몸을 겨우 움직여 그 공격을 피해냈다.

"카, 카이랄? 호, 혹시 카이랄이 아닌가?"

그 질문에 카이랄이 대답했다.

이계어로.

"Doduyo!"

그 말에 운정은 그가 카이랄이 아님을 본능적으로 알 수 있었다.

또다시 머리 위로 날아오는 류검.

운정은 뒤로 훌쩍 뛰었고, 그러자 그 다크엘프는 팔을 활짝 열고 한 바퀴를 돌면서 다시금 류검으로 운정의 머리를 찍으려 했다.

그가 카이랄이 아니란 사실을 깨달은 운정은 그 다크엘프의 빈틈을 훑어보았다. 죽이는 것은 안 되겠지만, 기절 정도는 괜찮으리라. 놀랍게도 몸의 수십 곳에 빈틈이 엿보였다. 운정은 그 빈틈 중 가장 안정적인 곳을 찾아, 그곳을 파고들었다.

아니, 파고들려 했다.

쿵.

마치 바위에 어깨를 박은 것처럼 운정은 묵직한 충격을 느껴야 했다. 그리고 그 즉시 운정은 그 이유를 알 수 있었다.

버섯 줄기의 결은 종(縱)으로 되어 있어 좌우로는 너무나도 쉽게 찢어지기에 그 틈으로 파고들기도 쉬웠다. 하지만 옆으로 움직이는 것은 그 결을 정면으로 뚫고 가겠다는 것이나 다름없어 안개와 같았던 그 버섯 줄기가 순간 절벽처럼 된 것이다.

부우웅―!

운정의 머리로 떨어지는 류검은 이미 피할 수 있는 속도를 훌쩍 넘어섰다. 뒤로 달아나려고 해도 따라잡혀 중지의 길이 정도로 깊숙하게 칼날이 머리를 파고들 것이고, 그 정도라면 죽음을 면하기 어려웠다.

그가 빈틈이라고 생각했던 건 사실 빈틈이 아니라 이 요상한 환경에 최적화된 움직임을 공기 중의 움직임으로 해석했기에 생긴 오해였다.

운정은 자세를 움츠리며 양팔을 들었다. 그 류검이 양팔을 먼저 베다가 운 좋게 뼈에 걸린다면 그 순간만큼은 목숨을 부지하리라. 그는 곧 팔에서 느껴질 고통을 예상하며 이를 악물었다.

그러나 고통은 이어지지 않았다.

"크핫."

다크엘프가 휘두르려던 류검이 위로 솟구쳤다. 그것을 들고 있던 팔목이 잘려 나갔기 때문이다.

운정은 양팔을 내렸다. 그리고 그의 앞에 선 또 다른 다크엘프를 보았다. 그와 눈이 마주치는 순간, 그의 우호적인 눈빛을 통해 그가 카이랄임을 즉시 알 수 있었다.

"카이랄!"

카이랄은 운정이 안전하다는 것을 확인하고는 고개를 홱돌렸다. 그리고 이런저런 이계어로 운정은 공격한 다크엘프에게 말을 하기 시작했다. 그러자 운정을 공격한 그 다크엘프도카이랄에게 말을 했다.

그들의 대화는 놀랍도록 차분했다. 막 팔을 자른 자와 잘린 자 간에 도저히 있을 수 없는 분위기였다. 그렇게 대화는조금 더 이어지다가 카이랄이 뒤를 돌아 운정을 보는 것으로마무리되었다.

"앞으로 내 뒤를 잘 따라와. 천천히 걸은 것 같은데, 생각보다 내가 빨랐나 보군."

운정이 슬쩍 뒤를 보니, 그를 공격했던 다크엘프는 고통을참아내면서 묵묵히 잘린 자신의 팔을 집어 들었다. 그러곤 다시 팔을 앞으로 쭉 뻗고는 어디론가 걷기 시작했다.

운정이 말했다.

"내가 사방에 정신이 팔렸지. 그보다, 괜찮은 거야?"

"내가 물어볼 말이군. 공격당한 건 내가 아니라 너이지 않는가?"

"아니, 저 사람. 팔이 잘렸잖아? 괜찮겠어?"

카이랄은 대수롭지 않다는 듯 말했다.

"흐음, 어쩔 수 없는 일이지."

"……."

"앞으로는 내 뒤를 바짝 쫓아와. 더 이상 어쩔 수 없는 일이 발생하지 않았으면 한다."

그렇게 말한 카이랄은 다시 걷기 시작했고, 작은 가르침을 받은 운정은 최대한 그를 바짝 쫓았다.

운정이 물었다.

"나 때문에 곤란한 상황에 처했어. 미안하게 생각해."

"곤란하지 않다. 그리고 뭘 미안하다는 것이지? 의도적으로 한 일인가?"

"물론 아니지. 갑작스럽게 공격했는데, 말도 통하지 않으니, 원."

"그러니까, 어쩔 수 없는 일이다. 너를 공격한 다크엘프도 침입자를 죽이기 위해서 임무를 수행한 것뿐이고. 나도 그자의 팔을 자르지 않았다면 일족의 손님인 너를 지킬 수 없으니 그렇게 한 것이고. 그 일은 누구의 잘못이라 할 수 없다."

운정은 그의 말을 머리론 이해할 수 있었다. 하지만 팔이 잘린 일이 대수롭지 않은 일로 치부될 수 있다는 것은 받아들이기 어려웠다.

"그 일로 책임을 묻거나 하지 않아?"

"우리에게 어떤 해가 올 것인지가 궁금한 건 아닌 것 같은데… 그것에 대해서 계속 걱정하는 이유가 뭐지?"

"팔이 잘렸어. 서로 원한이 생길 만한 일이라고."

"우린 서로 일족을 위해서 각자의 임무에 충실했을 뿐이다. 같은 일족에게 무슨 원한?"

"……."

운정이 말이 없자, 카이랄은 멈칫하곤 그를 돌아보았다. 그리고 고민하고 있는 운정의 표정을 보곤 그의 감정을 겨우 이해할 수 있었다.

카이랄이 나지막하게 말했다.

"인간은 적과 친구의 구분이 뚜렷하지 않지. 그래서 방금 상황을 받아들이지 못하는 것인가?"

운정은 고개를 끄덕였다.

"방금 그건 인간에겐 친한 친구끼리라도 충분히 원한이 생길 만한 일이야."

"그래. 분명 인간이라면 그랬을 거다."

카이랄은 흥미롭다는 표정을 지었다. 그것을 본 운정은 되레 이상한 기분을 느꼈다. 너무나 당연한 것을 흥미롭게 받아들이니 그 자체에서 위화감이 느껴지는 것이다.

운정은 턱짓으로 앞을 가리키며 말을 돌렸다.

"얼마나 더 걸어야 여길 벗어나는 거야?"

카이랄이 상념에서 벗어나 되물었다.

"벗어나다니?"

"그 성지이란 곳에 언제 도착하는지 궁금해서."

"요트스프림을 말하는 거라면 여기다."

"응?"

"여기가 요트스프림이라고. 다크엘프의 성지."

운정은 그 말을 듣고 순간 귀를 의심했다. 하지만 그를 뚜렷이 바라보는 카이랄의 눈은 도저히 농담한 사람의 그것이 아니었다. 운정은 대신 자신의 눈을 의심하곤 주변을 다시 보았다. 하지만 온통 안개가 낀 것 같은, 그리고 반투명한 휘장이 무한하게 펼쳐진 것 같은 그 공간은 바뀌지 않았다.

운정은 믿을 수 없다는 듯 양손으로 바닥을 가리키며 말했다.

"여기라고?"

카이랄은 피식 웃더니 대답했다.

"인간의 도시처럼 건축물이라도 있다고 생각했나?"

"없어?"

"건물이라는 것 자체가 인간의 산물이지."

"……."

"요트스프림은 동굴 속 차원 아래에 뿌리내린 거대한 버섯이다. 이 버섯 안에서 우리 악숀테크들은 살아간다."

"악숀테크? 그게 이 버섯이라며?"

"버섯의 이름임과 동시에 그 버섯에서 비롯된 다크엘프 종(種)을 말한다. 나와 같은 외향을 가진 모든 다크엘프가 바로 악숀테크지."

운정은 얼굴에 의문을 품었다.

"그 수많은 사람들이 이 버섯 안에서 산다고? 그럼 집은? 옷은? 아니, 하다못해 음식은?"

카이랄은 손을 뻗어 안개 같은 버섯의 줄기를 움켜쥐더니 그대로 뜯었다.

"의외로 맛있다. 배가 고프면 언제든지 먹으면 되지."

"……."

"집이란 건 없다. 잠이 부족하면 어디서든 자면 되는 것이니. 그리고 필요한 물품들은 그것들을 생산하는 곳에 가서 받는다. 요트스프림 이곳저곳에 산재해 있어서 옷이든 무기든 뭐든 필요한 걸 공급받지."

"화폐는 당연히 없겠네."

"상징이란 그것을 눈으로라도 확인하고 싶은 마음에 만드는 것이지. 다크엘프 간의 신뢰는 완벽해서 매일 눈으로 보며 위안 삼지 않아도 된다."

운정은 지금까지 카이랄이 자신과 상당히 다른 사고방식을 가졌다는 것을 빈번히 느껴왔다. 하지만 그 모든 것을 합쳐도 지금만큼은 되지 못할 것 같았다. 이건 문화가 다른 것을 넘어서, 아예 종이 다르다.

그가 말했다.

"벌. 개미. 그런 것과 비슷하군. 군집(群集)이야."

카이랄이 대답했다.

"그럼에도 불구하고 그 한계는 만(萬)을 넘지 못해. 인간은 극도의 다양성을 지니면서도 억(億)의 개체수를 이룰 수 있지. 다양성이야말로 우리가 다음으로 진화할 수 있는 유일한 가능성이야."

"……"

"시간이 촉박할 것 같은데, 걸으면서 이야기할까?"

운정은 고개를 끄덕이며 발을 움직였고, 카이랄도 같이 움직였다. 그는 손에 잡은 버섯을 입에 넣고 먹더니 말을 시작했다.

"나는 그 해답을 종교라고 생각한다."

"무슨 해답?"

"다양성을 모으는 거 말이다."

"……."

"다양성은 양날의 검이지. 그걸로 인해서 사회가 붕괴되기 쉬워. 하지만 종교의 힘으로 하나로 묶을 수 있다면 만은 우습게 넘길 수 있지."

카이랄은 인간에 대해서 논하고 싶은 듯했다. 운정은 카이랄의 종족인 다크엘프에 대해서 더 알고 싶었지만, 카이랄도 동일하게 인간에 대해서 궁금해한다는 걸 깨달았다. 운정은 자신의 궁금증을 일단 접어 둔 채 카이랄의 말을 듣고 질문했다.

"어떻게 묶는다는 거야?"

"인간에게 내재된 다양성은 너무나 커서 선악을 판가름하는 것조차 제각각이다. 태어날 때는 분명 비슷해. 양심이라는 본능은 차원을 넘어서 인간 모두에게서 찾을 수 있다. 하지만 인간은 양심의 지배를 받지 않는다. 그것을 뛰어넘고 이겨낼 수 있다."

운정은 고개를 저었다.

"깎고 죽이고 무시하는 것이 아니라?"

"물론 대부분의 경우에선 그렇다. 하지만 그것을 통해서 더 큰 것을 볼 수 있다. 단순히 양심이라는 본능에 의거해서 판단을 내리는 것이 아니라, 이성의 도움을 받아 철저한 계산 아래에서 더욱더 큰 선을 좇는 것이지. 그것을 모아둔 가르침이 종교라고 생각한다."

"예를 들면?"

"당장 눈앞에서 맹수에게 토끼가 사냥당하는 것을 보면 토끼를 구하고자 하는 마음이 들지만, 그것이 자연의 섭리라는 것을 이해하면 그대로 두는 것이 더 옳다고 믿는 식이지. 양심에 완전한 지배를 받는다면 토끼를 구하지 않는 것이 어떻게 더 옳은 일인지 절대로 이해할 수 없을 거야."

운정은 카이랄이 말한 그것이 무엇인지 즉시 알 수 있었다. 도사의 가르침 중 그것과 상당히 유사한 것이 있었기 때문이다.

운정이 말했다.

"그런 가르침들을 모은 것이 종교다, 이 말이야?"

"그것이 종교의 핵심이다. 그 외의 것은 그런 가르침에 정당성을 부여하기 위해서 신이고 내세고 이런저런 말을 만드는 것이라 본다."

"흐음. 괜찮은 생각이야."

"이를 좀 더 정확하게 이해한다면 다크엘프의 종교 또한 만들어 낼 수 있을 것이다. 그리고 그것이 있다면 다양성을 두려워하지만은 않을 수 있어."

운정은 카이랄을 물끄러미 보았다. 그는 정면을 보며 걸으면서 담담한 목소리로 설명했는데, 왠지 그의 마음 속 깊은 곳에는 어떤 뜨거운 열정이 숨겨져 있는 듯했다.

운정이 말했다.

"그것이 네 목표야?"

카이랄은 걸음을 멈췄다.

"목표?"

운정이 다시 물었다.

"그래, 종족의 발전을 다양성과 종교를 엮어서 이뤄보고 싶다는 말 아니었어?"

카이랄은 잠시 당황한 듯했지만, 그는 곧 고개를 흔들며 대답했다.

"내가 하겠다는 건 아니다. 감히 내가 할 일이 아니지."

"그럼?"

"그걸 할 수 있는 사람에게 말해 보고 싶다. 왜 전에 내가 말하지 않았나? 우리 일족의 현자가 있으니, 그를 만나보게 해 주겠다고. 그가 일족 전체에게 선악에 대해서 판가름해 준다고."

"기억나지. 이번에 그를 만날 수 있는 건가?"

"일족의 장로와 이야기가 쉽게 끝나면 가능할 것이다. 어찌 됐든 일단 나는 그쪽으로 가볼 생각이니, 네가 와서 대화를 도와주었으면 한다."

"흐음. 일단은 알겠어. 그래서 촉박하다는 것이로군?"

"……."

카이랄은 별말 하지 않고 다시 걸음을 옮겼다.

그렇게 얼마나 지났을까?

같은 환경 속에서 계속 걸어 시간 감각이 완전히 마비된 운정은 앞에서 서서히 커지는 어떤 그림자가 너무나 반가웠다. 그것이 무엇이든 간에, 다른 무언가가 나왔다는 것 자체만으로도 그는 지루함이 상당히 날아가는 듯했다.

"흐음. 공간을 만드셨군."

"공간?"

"널 위해서인 것 같은데, 역시 이해가 깊으셔."

카이랄은 앞장섰고, 운정은 그 뒤를 따랐다. 그 그림자가 점차 커져 완전히 그들을 삼키게 되었는데, 그때 운정은 마치 쇠사슬에서 풀려난 노예 같은 엄청난 해방감을 맛보았다.

"후욱. 후욱. 후욱."

숨이 차지도 않는데 자기도 모르게 호흡이 깊어졌다. 운정은 사방이 탁 트인 그 공간에서 전신을 훑고 지나가는 생기를 느꼈다.

공간(空間).

아무것도 없는 그것이 어찌나 반가운지 모른다.

"Ya wawed nemchd yan haang rak sod hyudns."

운정은 그 말이 들린 곳을 보았다. 그곳엔 카이랄과 똑같이 생겼지만, 무기가 없고 복장이 다른 다크엘프가 있었다. 그리고 그의 양옆으로 세 명씩 총 일곱 명의 다크엘프가 있었다.

가장 오른쪽 두 명은 같은 외관의 여성 다크엘프였고, 중간의 네 명은 카이랄과 외모가 같은 남성 다크엘프였으며, 가장 왼쪽에는 다른 외모의 남성 다크엘프가 있었다. 그들의 존재감은 마치 전의 카이랄과 같이 눈으로 보기 전까지는 전혀 느껴지지 않았다.

"장로께서 말씀하길, 공간이 마음에 들었으면 좋겠다고 하셨다."

카이랄의 통역을 통해서 운정은 그들이 카이랄이 지금까지 말해왔던 장로들이라는 것을 알 수 있었다.

운정이 말했다.

"아, 나를 위해서 버섯 줄기를 베어 공간을 만든 것이로군."

"인간은 버섯 속이 익숙하지 않으니까. 잠시 그들과 인사를 나누겠다."

카이랄은 천천히 그들에게 다가갔다. 그리고 장로들과 몇 마디를 나누더니 곧 카이랄은 어떤 주문을 외우기 시작했다.

그리고 곧 그는 자신의 머릿속에 양손을 집어넣었다.

"카이랄!"

운정의 놀란 외침에도 카이랄의 양손은 자신의 머릿속을 헤집고 다닐 뿐 그 의외에 어떠한 반응도 보이질 않았다. 운정은 어떻게 해야 할지 알 수 없어 장로들을 번갈아 보았는데, 그들은 오히려 운정이 소리를 친 것을 보고 놀란 표정이었다.

곧 카이랄의 양손이 그의 머릿속에서 나왔다. 각각 작은 뇌 조각을 들고.

카이랄은 양손에 든 뇌 조각을 중앙의 장로에게 바쳤다. 중앙의 장로는 그것을 양손에 받아 들고는 어떤 주문을 중얼거리듯 외우더니 곧 하늘 높이 그 두 뇌 조각을 들었다. 그러자 그 두 뇌 조각이 부유하며 위로 붕 떠올랐는데 그것을 중심으로 어떤 푸른빛의 반투명한 막이 생기더니 곧 일곱 장로, 카이랄 그리고 운정이 같이 있던 그 공간을 감싸 안았다.

장로가 말했다.

"중원의 손님이여. 내 말이 들리시오?"

운정은 눈을 부릅떴다. 귓가에 들리는 괴상한 소리는 분명 그가 알지 못하는 이계어가 확실했는데, 그것이 묘하게 한어로 들리면서 의미가 분명해졌기 때문이다.

운정은 하늘에 뜬 두 뇌 조각을 보다가 곧 카이랄에게 말했다.

"카이랄, 괜찮은 거야?"

카이랄은 고개를 저었다. 그를 대신해서 방금 말을 한 장로가 말했다.

"그는 중원의 말을 더 이상 듣거나 말할 수 없소. 우리의 소통이 원활해지기 위해서 자신의 언어능력이 담긴 뇌의 일부분을 이 통역마법을 위해서 내주었으니."

"그는 그럼 괜찮은 겁니까?"

장로는 흥미롭다는 듯 운정을 보며 말했다.

"물론이오. 이 상황에 그를 걱정하는 것을 보니 정말 인간이 확실하시군. 솔직히 그냥 봐서는 외관만 적당히 인간으로 바꾼 다른 무언가처럼 느껴지오."

"……."

운정이 말을 하지 않자, 카이랄이 눈을 운정에게 고정한 채로 고개를 반쯤 돌려 장로에게 신호하며 말했다.

"Ya Jyaii yud jyaso nmhd nd yoayu sodgd."

장로는 그의 말을 통역해 주었다.

"현자에게 가 있을 테니, 거기서 보자고 말했소."

카이랄은 그렇게 말한 뒤에 장로들을 보고 손가락 두 개를 펼쳐 입가에 대었다. 그러자 장로들도 같은 행동을 했고, 카이랄은 운정에게 포권을 취해 보인 뒤 미소를 짓고는 한쪽으로 사라졌다.

일곱 장로들은 그가 없어지자 자신들의 자리에 쭈그리고 앉았다. 다소 이상해 보이는 모습이었지만, 운정은 우선 그들과 같이 쭈그리고 앉았다.

중앙의 장로가 말했다.

"늦었지만, 요트스프림에 온 것을 환영하오. 타 종족이 이 곳에 발길을 들인 건 아마 아마 십 년 만일 것이오."

운정은 주변을 살펴보며 말했다.

"왠지 이곳의 십 년이 중원의 십 년과는 다른 것 같군요."

중앙의 장로는 고개를 저었다.

"서로에게 번역되는 이 마법은 단순한 번역마법이 아니라 양쪽 언어에 능통한 카이랄의 뇌를 통한 것이오. 그가 생각할 때 비슷한 시간대로 맞춰서 저절로 번역될 것이니 그런 걱정 은 하지 않으셔도 되오."

"……."

"우선적으로 카이랄을 통해서 우리에게 베푼 후한 은혜를 생각해서 요트스프림을 대표하여 감사의 말을 전하겠소. 덕 분에 중원에 대한 정보를 많이 얻었소. 뿐만 아니라 완전히 끊어졌다 생각한 인간과의 교류가 시작된 것도 축하할 일이 지."

"아닙니다."

"듣자하니, 자신의 사문을 일으켜 세우려 한다고 들었소. 그 점에서 대해서 우리 요트스프림에서 도와줄 것이 있다면 말씀해 보시오. 우리와 쌓은 신뢰 관계를 생각해서 서로에게 이로운 방향으로 돕는 것이 좋겠지."

"제 것을 먼저 말하기보다는 저를 만나보고 싶다고 한 여러

분들의 이야기를 듣고자 합니다만."

운정의 말에 일곱 장로들은 눈빛을 빛내며 운정을 보았다. 그들은 곧 아무것도 읽어 낼 수 없다는 것을 깨닫고는 서로를 바라보았다. 각자 할 말이 있어 순서를 정하려 한 것이다.

결국 가장 오른쪽에 서 있었던 여장로가 말을 꺼냈다.

"사타라(Satara)의 냄새가 나는데, 우리 아이와의 접촉이 있었나요?"

"사타라?"

"내 일족이에요. 나와 같은 모습을 한 여성 다크엘프와 조우한 적이 있느냐 묻는 거예요."

운정은 그 여장로의 얼굴을 빤히 쳐다보며 기억을 더듬었다. 그러자 곧 과거에 카이랄의 그림자 속에서 불쑥 튀어나왔던 그 여성 다크엘프가 생각이 났다. 몰래 냄새를 묻혔던 그 여성 다크엘프. 두 여장로의 얼굴은 그녀와 얼굴이 완전히 동일했다.

다만, 이상한 점은 그때 느껴졌던 묘한 매력이 전혀 느껴지지 않는다는 점이다. 인간의 범주를 한참 넘은 듯한 그 묘한 아름다움은커녕 웬만한 미녀에게서 느낄 법한 매력조차 가지고 있지 않았다.

운정은 곧 사색에서 벗어나 그의 답을 기다리는 그 여장로에게 대답했다.

"아, 일족의 냄새를 제게 묻힌다고 했었습니다."

그 말을 들은 그녀는 옆에 있는 자기와 동일하게 생긴 여장로와 작게 몇 마디를 속삭였다. 그러곤 운정에게 다시 말했다.

"전략적으로 이용한 면이 있으니, 그 부분에 대해서 사과를 하고 싶어요. 그 냄새는 한번 묻히면 절대로 지워 낼 수 없기에 없애 드릴 수는 없지만, 그 일로 인해서 요트스크림 전체와의 신뢰 관계까지 망가지길 원하지 않아요. 용서를 위해 어떤 대가를 원하시나요?"

운정은 어깨를 들썩였다.

"어차피 제겐 해가 되는 것이 아니지 않습니까?"

그 여장로는 말했다.

"모든 엘프와 다크엘프가 요트스프림과 관계가 좋은 것은 아니에요. 그 냄새를 맡고 괜한 악감정을 품을 수도 있어요. 그런 점에선 해가 될 수도 있죠."

"일이 이렇게 된 것을 어떻게 하겠습니까? 괜찮습니다."

운정의 말에 두 여장로는 다시 작은 목소리로 몇 마디를 주고받았다. 그리고 그와 대화하지 않았던 다른 여장로가 그에게 말했다.

"정말로 대가 없이 용서하실 생각인가요?"

"예. 애초에 악감정이 없었으니 괜찮습니다."

"……."

"왜 그러십니까?"

두 여장로들은 다른 장로들과 눈을 몇 차례 마주쳤다. 그러자 중앙에 있는 장로가 그들을 대표해서 말했다.

"우리 다크엘프에게 있어 인간을 신뢰하는 것은 지극히 어려운 일이오, 중원의 손님이여. 이렇게 요트스프림에 초대하여 이야기를 나누는 것은 카이랄을 통해 우리 일족과 몇 번의 거래 끝에 신용이 쌓였기 때문이지만, 인간은 변덕이 심해 한번 쌓인 신용도 언제고 사라질지 모를 일이지. 그러니 대가를 받지 않고 용서하겠다는 그 말은 우리에게… 흐음, 곤란하오."

"제가 나중에 다른 대가를 요구할 것 같다는 뜻입니까?"

"혹은 지금은 대가 없이 용서하지만, 후에 급해지면 말이 달라지는 것이 인간 아니오? 그래서 나중에라도 사타라의 냄새가 몸에 묻은 일로 피해를 입게 됐을 때, 우리를 원망하거나 우리에게 책임을 요구할 수 있소."

"그럼 그때 가서 요구하겠습니다."

"그러면 그때까진 용서를 한 것이 아닌 것이고, 그러면 요트스프림은 중원의 손님을 신뢰할 수 없게 되오."

"제가 받지 않겠다는데 주겠다는 이유를 모르겠습니다."

"대가를 지불하지 않으면 용서가 아니기 때문이오."

"오히려 대가를 지불하지 않기에 순수한 용서가 아닙니까?"

"빚을 지운 채로 지내는 것이 관계적으로 봤을 때 더 유익하기에, 대가를 받지 않고 용서하겠다는 것으로 들리오."

운정은 그의 말을 드디어 이해할 수 있었다.

"오히려 제 행동이 이기적으로 보일 수 있다는 것이로군요."

"대가를 받고 용서하면 관계가 동일해질 것이오. 그러지 않겠다는 건 자신에게로 기울어진 그 관계를 그대로 유지하겠다는 것 아니오?"

운정은 그 장로의 말을 머리론 이해했지만, 마음으론 공감하기 힘들었다. 단순히 사고방식이 틀린 것을 떠나서 용서니 신뢰니 하는 단어의 정의 자체가 조금씩 비틀려 있는 것이 아닌가 했다.

가만히 생각해 보면, 마치 과거의 잘못이라는 쓰레기를 용서라는 청소 도구로 빨리 해치워 버리고 신뢰라는 것을 다시 시작하자, 그런 뜻 같았다.

운정은 다크엘프의 사고방식을 최대한 이해하려 애쓰며 말을 해 봤다.

"그럼 제가 어떻게 용서하면 되겠습니까?"

사타라의 장로는 그 말을 듣고 잠시 고민했다. 인간이라면 그게 무슨 질문이냐고 하겠지만, 적어도 사타라의 장로에겐 상당히 정상적인 질문으로 들린 것이 분명했다. 운정은 다크엘프의 사고방식을 조금씩 이해해 가는 기분이 들었다.

그녀가 말했다.

"원하는 것을 말씀해 보세요. 물질이 아니라 정보라도 괜찮습니다."

마침 운정에겐 전부터 궁금했던 것이 있었다.

"다크엘프의 생활 방식에 관한 정보를 제공해 주십시오. 궁금한 점이 많습니다."

"흐음. 어느 정도로 말이오?"

"제가 질문할 테니, 적당한 선에서 말씀해 주시지요."

장로들은 서로 눈짓을 교환했고, 곧 중앙의 장로가 고개를 끄덕였다.

"일러 주겠소. 물어보시오."

"애루후의 아이는 어떻게 태어납니까?"

"……."

"……."

"……."

할 말을 잃은 일곱 다크엘프 장로들은 눈을 깜박이며 운정을 보았다. 운정은 다시 말했다.

"식물이 근본이라는 말을 들었고, 또 전에 번식에 관한 부분도 들어 봤는데 인간과는 확연하게 다른 것 같아서 말입니다. 어떻게 다른지 궁금했습니다."

중앙의 장로는 고개를 갸웃하더니 말했다.

"솔직히 요트스프림의 기술과 무기 그리고 저주 등에 대해서 물어볼 줄 알았소. 정말로 어떻게 아이가 태어나는지, 그걸 알고 싶다는 것이오?"

"우선은 그렇습니다."

"……."

장로들은 모두 운정의 질문을 어떻게 받아들여야 할 지 상당히 난감해했다.

곧 중앙의 장로가 말했다.

"그, 수백 년을 살면서 이런 질문에 답을 해 본 적이 없어서 조금 어렵겠지만, 일단 해 보자면… 나무에선 열매가 나는 것을 알 것이오. 마치 그와 같소."

"어떻게 말입니까?"

"엘프 중 번식이 가능한 개체는 극히 일부로, 하이엘프(High Elf)라 부르오. 그들은 평생 동안 씨앗을 모은 뒤, 자신을 희생하여 나무가 되는데, 그것을 마더트리(Mother—tree)라고 하오. 그 나무가 맺는 열매 속엔 엘프의 태아가 자라게 되지. 그리고 그 태아가 담긴 열매가 충분히 성장을 하면 엘프가 태어나 그 마더트리의 일족이 되오."

"다후애루후는 어떻습니까? 나무가 아니라 버섯이라 하던데."

장로는 눈을 살짝 가늘게 떴지만 곧 운정의 발음을 겨우 알아듣고는 대답했다.

　"큰 틀에서는 같소. 다만 우리는 엘프에게 없는 남성족(男性族)이 있지. 그리고 또 다른 일족끼리 더불어 사는 경우가 많소. 보시다시피 요트스프림에는 많은 일족이 함께 하지. 악숀테크, 여성족인 사타라. 그리고 투칸지(To'kanze)까지. 이 세 주류 외에 비주류 일족까지 하면 수십이 넘소. 다른 많은 일족은 요트스프림과 같은 본래의 근거지를 오래전 잃었지만, 이렇듯 요트스프림에서 함께 살아갈 수 있소."

　"인간과는 참으로 다른 듯합니다."

　"이것으로 대답이 되었는지 모르겠소."

　"조금 더 있긴 합니다."

　그 뒤 운정은 다크엘프의 사고방식에 대해서 이것저것 묻기 시작했다. 카이랄을 좀 더 잘 이해하고 싶은 마음도 있었지만, 완전히 새로운 사회에 강한 호기심이 발동이 된 탓이 컸다.

　그의 질문 공세에 장로들이 지칠 때쯤, 누군가 그들이 있는 공간으로 들어왔다.

　"오호? 통역마법이군요?"

　그 다크엘프 역시 카이랄과 동일한 얼굴을 하고 있었다. 그러나 그 얼굴을 뒤덮은 붉은색의 문신이나 호기심과 장난기가 가득한 두 눈빛은 카이랄의 그것과 너무나도 달랐다.

중앙의 장로가 그 다크엘프에게 말했다.

"곧 그쪽으로 보내드리려 했소, 현자."

운정은 그 말을 듣고 카이랄이 소개시켜 주기로 한 그 현자가 바로 이 다크엘프임을 직감했다.

현자라고 불린 다크엘프는 웃는 것도 안 웃는 것도 아닌 애매한 표정으로 운정을 바라보더니 천천히 그에게 걸어가며 장로에게 말했다.

"카이랄에게 이야기를 듣다 보니, 궁금증을 참을 수가 없어서 말입니다. 과연 두 여성족 냄새가 진동을 하는군요. 저주까지 합치면 세 개나 되네, 하핫."

쾌활한 목소리.

카이랄의 얼굴을 하고 있다고 믿기 어려울 정도였다.

장로가 현자에게 물었다.

"현자, 카이랄과의 이야기는 다 끝난 것이오?"

"그도 이미 예상했는지, 긍정하더군요."

"과연… 현자의 안목은 대단하오."

"별말씀을."

현자 다크엘프는 운정이 어떤 신기한 생물이라도 되는 것처럼 이리저리 살펴보기 시작했다. 쭈그리고 앉아 있었던 운정은 그런 그를 올려다보았는데, 현자 다크엘프는 운정이 그러든 말든 전혀 관심 없는 것 같았다.

그가 갑자기 방긋 웃더니 운정에게 포권을 취했다.

"큐리오(Curio)입니다, 운 소협."

그의 말이 떨어지기 무섭게 일곱 장로들의 표정에 큰 놀라움이 떠올랐다.

운정은 그 의미를 눈치채곤 말했다.

"제게 이름을 말해 주셔도 괜찮겠습니까?"

큐리오는 환한 미소를 지었다. 카이랄의 얼굴을 가지고 그런 표정을 어떻게 그렇게 밝은 표정을 지을 수 있는지 운정은 도무지 알 수 없었다.

큐리오가 말했다.

"괜찮고말고요. 카이랄의 말이 정확한 것을 제 눈으로 확인했으니, 이름을 말해 줄 만하지요."

"……."

큐리오는 장로들에게 고개를 돌리며 말했다.

"일단 이번 만남을 끝내실 때까지 옆에 있겠습니다. 운 소협도 악손테크보단 공간을 더 선호할 테니, 여러분들의 용무가 끝나면 제가 여기서 운 소협과 만나도록 하겠습니다."

그렇게 말한 큐리오는 한쪽으로 물러섰다. 그러곤 여전히 호기심이 가득한 두 눈빛으로 운정을 흥미롭게 바라보았다.

그 말을 들은 장로들 중, 홀로 외견이 다른 다크엘프가 말했다.

"더 질문할 것이 있나? 없으면 내가 하려고 한다."

운정은 고개를 살짝 저었다.

"지금까지 저 혼자 너무 많은 것을 물어보았습니다. 중원에 대해서 궁금한 것이 있으면 물어보시지요. 제가 아는 한도 내에서 말씀드리겠습니다."

그 다크엘프 장로는 중원에 대해 하나둘씩 물어보기 시작했다. 그의 질문들은 운정의 질문만큼이나 아주 사소한 것 하나 놓치지 않았는데, 운정은 모두 대답을 하느라 진땀을 빼야 했다.

만족할 만큼 물은 그 다크엘프는 중앙의 장로를 보며 말했다.

"투칸지는 여기까지 하겠습니다."

중앙의 장로는 고개를 끄덕인 후, 또다시 질문을 하기 시작했다. 그의 질문은 오로지 중원에 대해서 물어본 전의 장로와는 다르게, 상당 부분 운정과 관계된 것이었다.

그러나 그렇다고 그것이 개인적인 질문이라고 하기도 애매했다. 운정의 과거를 조사하는 형식이 아니라, 어떠한 양자택일의 상황을 설명해 주며 운정이 어떻게 행동할지를 물어보는 식이었기 때문이다. 예를 들면, 노인의 목숨과 어린아이의 목숨 중 하나를 살린다면 무엇을 선택하겠는지, 혹은 두 팔과 두 다리 중 잃어야 한다면 무엇을 선택하겠느냐는 식이었다.

그것은 인간이 타인을 판가름하는 방도와는 조금 다른 것이 었다.

운정은 창의력과 상상력을 동원해서 각 상황에 자신이 행동할 것을 고심하여 상세히 설명해 주었고, 어느 정도 시간이 흐르자 질문이 끝났다.

중앙의 장로가 말했다.

"현자, 카이랄의 뇌는 그대가 돌려주겠소?"

"그렇게 하지요. 만남은 끝난 것입니까?"

"중원의 손님께 남은 용무가 없다면 말이오."

중앙의 장로는 운정을 보았고, 운정이 대답했다.

"한 가지 있습니다."

"무엇이오?"

"대라이 왕국에 로수부루라는 마법사가 부탁한 일인데, 혹시 다후애루후에서는 화산파가 아니라 대라이 왕국을 통해 천마신교와 교류하는 것이 어떤가 하고 물어봐 달라고 했습니다."

장로는 운정의 말을 들으며 영문을 모르겠다는 표정으로 현자를 보았다. 현자는 미소 짓더니 대답했다.

"델라이 왕국의 천재 로스부룩을 말하는 듯합니다. 우리와 접견을 원하는 것 같군요."

"아, 그랬군."

발음 때문에 제대로 알아듣지 못한 듯싶었다.

장로들은 서로를 바라보며 몇 마디 상의했고, 곧 중앙의 장로가 다시 말했다.

"중원의 손님께서도 아시다시피 화산파와의 교류가 불안정적으로 변해서 천마신교와 교류하는 것에 대해 회의적이지만은 않소. 다만, 가능하면 델라이 왕국이 없이 직접적으로 교류하고자 하오."

운정은 잠시 눈을 감고는 말했다.

"제가 느끼기론 천마신교에선 애루후에게 상당한 반감을 가지고 있습니다. 이미 중원에 자리 잡은 애루후의 세력과 반목하고 있는 상태라서, 애루후라면 일단 믿지 못하는 듯싶습니다. 대라이 왕국이 중간에 없다면 어려울 수도 있습니다."

"뭐, 그럼 그런 대로 좋소. 현 상황이라면 화산파와의 교류는 가능성이 거의 없게 되었으니. 중원의 손님께서 잘 파악하셔서 악숀테크에 가장 유리한 방향으로 이끌어 주길 부탁드리겠소."

"……"

"서로에 대해 알게 되어 뜻 깊은 시간이었소. 앞으로의 관계 또한 잘 유지되었으면 하오."

강한 신뢰의 말을 남긴 장로를 시작으로 하나둘씩 그 공간을 나섰다. 운정은 뭐라고 대답해야 할 것 같은 기분을 느꼈지만, 결국 끝까지 아무런 말도 하지 못했다.

그런 그를 흥미롭게 지켜보던 큐리오는 그의 앞에 쭈그려 앉더니, 활짝 미소 지었다.

"인간은 손님을 초대하면 연회를 베풀지만, 우린 그런 것이 없으니 당황하지 않으셨으면 좋겠습니다, 하하. 무시하려는 의도는 없습니다."

"아닙니다. 괜찮습니다. 오히려 전 겉치레가 없는 것이 더 마음에 드니 심려 놓으셔도 됩니다."

운정의 말에 큐리오는 막 사라지는 장로를 흘겨보며 중얼거렸다.

"장로가 저렇게 말하는 것도 어색하리라 생각합니다. 이제 막 만났을 뿐인데, 이 악숀테크의 외교 자체를 운 소협에게 모조리 맡기겠다는 뜻이니, 운 소협 입장에선 상당히 부담스러우리라 생각되네요."

큐리오는 카이랄의 얼굴을 하고 카이랄이 절대 하지 않을 표정과 말투로 말했다. 운정은 그런 큐리오가 절대로 적응되지 않을 것 같았다.

운정이 나지막하게 대답했다.

"카이랄을 통해서 애루후의 사고방식을 대강 이해하고 있습니다. 완전한 신뢰 관계가 아니면 완전히 적. 그렇지 않습니까? 다만, 그런 결정을 쉽사리 할 수 있는 것이 신기할 따름입

니다."

큐리오는 다시 운정을 돌아보며 말했다.

"엘프는 감각이 예민해서 서로가 서로의 마음을 훤히 볼
수 있기 때문이지요. 서로의 생각이 다 보이는데, 뭐 인간처럼
재고 말고 할 것 없지 않습니까? 다행히 운 소협은 장로들에
게조차 호의를 얻은 것 같아서 기분이 좋습니다. 카이랄의 판
단이 다시 한번 맞았군요."

운정은 카이랄의 이름을 들으니 처음 그가 장로들에게 했
던 말이 기억났다. 그는 곧 큐리오에게 물었다.

"아까 이야기를 들어 보니, 카이랄에게 무슨 일이 일어난 겁
니까? 정확히 알아들을 수는 없었지만, 무슨 일이 있었던 것
같기는 합니다. 혹시 다른 애루후의 팔을 잘라서 곤란해진 것
은 아닙니까?"

큐리오는 손을 모으며 눈을 위로 가져갔다.

"아, 그건 크게 걱정하실 게 아닙니다. 카이랄에게 나타난
문제는 전부터 있었던 것이니까."

"문제가 있긴 있군요."

"사실 매우 큽니다. 그에게는 가디언의 삶에서는 도달하기
어려울 정도의 자의식이 생겼습니다. 사실 꽤 오래전부터 그
는 가디언치고 너무 많은 생각을 해서 탈이긴 했습니다만, 그
것 때문에 다른 모든 가디언들보다 뛰어난 실력을 가지게 되

었죠. 그리고 그로 인해 중원의 임무를 맡게 되었는데, 새로운 문화와 언어를 접하다 보니 생각의 깊이가 더욱 깊어진 것 같습니다."

"그가 긍정했다는 뜻은……."

큐리오는 운정의 말을 잘랐다.

"자기도 더 이상 가디언의 역할을 온전히 수행하기 어렵다고 인정한 것입니다. 그가 제게 가져오는 지식들… 그리고 거기서 파생된 질문들은 사실 웬만한 콜렉터(Collector)들이 가져오는 것보다 더욱 흥미로운 것입니다. 단순한 가디언의 임무 수행은 단언컨대 더 이상 할 수 없습니다."

순간 두려움이 엄습했다. 마치 벌과 개미처럼 군집으로 돌아가는 다크엘의 사회. 이 속에서 자신의 역할을 제대로 할 수 없다는 것이 무엇을 뜻하겠는가?

운정은 조심스럽게 물었다.

"그에게 무슨 일이 일어나는 겁니까?"

큐리오는 운정의 마음을 완전히 읽고는 말했다.

"다행히 그와 대화하는 동안, 일족을 최우선으로 두는 그 마음에 차이가 없고 일족에게 위험이 될 만한 요소가 발견되지는 않았습니다만… 처분에 대해선 아직 고민 중입니다. 그 문제 때문에 운 소협과 직접 대화하고 싶습니다."

"……."

그는 턱을 몇 번이고 매만지더니 말을 시작했다.

"그는 종교가 있어야 한다고 주장합니다. 다양성을 묶기 위해서 말입니다. 그 뒤에 다양성을 풀어 주면 좋겠다고 생각합니다."

"예, 저도 그 말은 들었습니다."

"운 소협은 자신의 사문을 새로이 세우려고 한다고 들었습니다만, 운 소협께선 카이랄의 사상에 어떻게 생각하십니까? 운 소협이 세우려는 그 사문에선 통일성과 다양성의 조화를 어찌 맞추실 생각입니까?"

운정은 그 질문에 답을 하기 앞서 먼저 드는 의문을 역으로 질문했다.

"그 전에, 애루후에게 다양성이 가능은 합니까? 마치 얼마든지 가능한 것처럼 말씀하시는데, 제가 장로들에게 들었던 것을 종합적으로 생각하면 불가능한 것 같았습니다."

큐리오는 묘한 미소를 지으며 다시 물었다.

"흐음, 미처 그런 생각을 하진 않았지만… 왜 그렇게 보셨습니까?"

"다들 모습이 똑같지 않습니까? 그러면 마땅히 스스로가 어떤 사람인지 알 수 있도록 개성을 드러내야 할 텐데, 그런 것도 없습니다. 서로 이름을 듣지 않으면 서로 잘 알 수조차 없으니, 이런 사고방식을 가진 애루후에게 다양성이 늘어날 수 있겠습니까?"

"하지만 카이랄과 저는 확실히 다른 성격을 가지고 있지 않습니까?"

"그야……."

큐리오는 오른쪽 위로 눈길을 돌리면서 천천히 말했다.

"운 소협은 우리 다크엘프가 마치 개미처럼 사회를 이룬다고 생각하시지만, 그래도 우린 지성체입니다. 개성이 아예 없진 않습니다. 아예 없었다면 애초에 각자 이름조차 가지지 않고 역할로만 불렸을 겁니다. 우린 각자의 역할에 따라서 성격이 달라지기도 합니다. 그러니, 다양성을 확보하는 것도 하려고만 하면 가능할 겁니다."

"……."

"이젠 제 질문에 대답해 주시지요. 통일성과 다양성. 어떻게 그 둘 간의 조화를 이루실 생각이십니까?"

운정은 고심했다. 자신의 대답에 따라서 큐리오는 카이랄의 처분을 결정할 가능성이 크기 때문이다. 하지만 그 앞에서 거짓을 말할 수도 없는 노릇. 그는 결국 무당파의 가르침으로 돌아가는 수밖에 없었다.

"무당파의 계율과 가르침 내에서는 통일하고, 그 외적인 모든 부분에선 다양성을 존중할 생각입니다."

"새로이 사문을 새운다면 그 계율과 가르침을 결국 본인 스스로 세워야 할 텐데, 결국 본인이 그 선을 긋는 것은 같지 않습니까?"

"무당파의 가르침은 결국 인간이 신선이 되는 것입니다. 그것은 제가 임의대로 정할 수도 없고 정해서도 안 되는 것입니다. 수단에는 자유로울 것입니다. 하지만 신선이 되어가는 그 목적에선 통일해야 합니다."

큐리오는 잠시 고민하더니 천천히 말했다.

"신선이라… 통역이 제대로 안 되는 걸 보니 카이랄도 제대로 이해하지 못한 단어군요. 다만 우리 쪽의 트랜센던스와 비슷한 개념이라 카이랄은 받아들인 모양입니다. 결국 신이 되어가는 과정, 그것에 대한 방도가 수많은 다양성을 하나로 묶어 내는 통일성을 부여한다는 겁니까?"

그는 차분히 기다리는 큐리오를 향해 다소 엇나간 질문을 했다.

"애초에 다양성이 있는 이유가 무엇이겠습니까?"

"각종 환경에서 살아남기 위해서 아닙니까? 살아남은 개체가 다시금 자손을 남기기 위해서 말입니다."

운정은 사부님에게 들었던 도교의 단편적인 지식들을 짜맞추었다.

"그 논리를 위해선 모든 이가 번식을 할 수 있다는 전제가 필요합니다. 만약 하나가 모든 번식을 담당한다면, 다양성은 필요하지 않습니다. 오로지 그 번식체 하나의 생존만을 위한 사회가 필요할 겁니다."

"그렇다면 우리에겐 딱히 다양성이 필요 없다는 뜻이로군요."

운정은 주변을 둘러보더니 작게 웃으며 말했다.

"뿐만 아닙니다. 방금 그 논리는 각종 환경에서 살아남는다는 전제 또한 있습니다. 다시 말하면 환경이 각종(各種)이어야 합니다. 환경이 다양하니 생물도 다양함을 품어야 하는 겁니다. 하지만 환경이 하나라면, 다양성도 의미가 없겠지요. 거대한 버섯을 키워서 수많은 환경을 하나의 환경으로 만든다면, 지금까지 다양성을 억제한 애루후의 방식이 틀린 것만은 아닐 겁니다."

큐리오는 운정의 말에 입을 살짝 벌렸다.

"그렇다면……."

큐리오가 말을 끝내지 못하자 운정이 대신 말을 끝내 주었다.

"카이랄은 악손태구의 생활환경에서 벗어나 다양한 환경에 노출되었기에 그런 생각을 품게 된 것이 아닌가 합니다. 악손태구가 이 버섯과도 같은 일정한 환경을 그대로 유지할 수 있다면 다양성이 필요하지 않을 거라 봅니다. 다만 외부의 다양한 환경에서 활동한다면 다양성이 필요할 수도 있다고 생각합

니다."

"……"

"대답이 되었으면 좋겠습니다."

큐리오는 턱을 몇 번 매만지더니 방긋 웃었다.

"덕분에 카이랄을 이해하게 되었습니다. 감사합니다. 그러한 경우라면, 카이랄은 더 이상 저희와 함께할 수 없겠네요."

순간 말을 잘못 들었다고 생각한 운정의 표정이 서서히 굳었다. 그러나 그런 그를 바라보는 큐리오의 표정은 전혀 변화가 없었다.

운정이 말했다.

"설마 그를……"

큐리오가 말을 잘랐다.

"네, 추방할 생각입니다. 다크엘프의 특성상 악숀테크 안에선 서로의 생각이 급속도로 영향을 미치게 마련입니다. 하지만 그의 사상이 퍼지는 것을 묵과할 순 없을 듯합니다. 유일한 가능성이 있던 파시어(Farseer)가 되기는 힘들 듯하니, 그는 어떠한 형태로도 악숀테크를 섬길 수 없는 자가 되었습니다."

운정은 조금 떨리는 목소리로 말했다.

"그, 그렇다면 말씀드린 대로 그를 계속해서 밖에서 활동하는 가디언으로 쓰시면 되지 않습니까?"

"그것은 불가합니다. 카이랄 본인도 동의한 부분입니다."

"……."

"당신이 그의 친우라면… 혼 없이 썩어 가는 그의 몸이 무(無)가 될 때까지 엇나간 방향으로 가지 않도록 잘 부탁드리겠습니다."

운정은 큐리오의 말을 전혀 이해할 수 없었다.

第十八章

"좀 자요."

"으응? 아직 안 잤소?"

"소녀는 낮잠을 자서 그런지 잠이 잘 안 오네요. 그런데 무슨 서적을 그렇게 읽어요?"

"그냥 논리학이오."

서린지는 눈을 비비고 혈적현을 보았다.

그는 나무로 만든 거치대에 책자 하나를 두고 왼손 하나로 반쯤 펼친 채 읽고 있었다.

그녀는 눈을 모아 그 책자의 제목에 초점을 맞추었다.

미약한 야명주의 빛이 그녀의 깊은 눈을 서서히 채우자, 겨우 그 제목을 읽어 낼 수 있었다.

"이가원리적다치논리(二價原則的多値邏輯)?"

"조금 복잡한 내용이라 다섯 번을 읽었는데도 이해하기 어렵소."

혈적현은 왼쪽 눈을 살포시 감더니 왼손으로 지그시 눌렀다. 서린지는 아미를 살짝 찌푸리더니 말했다.

"다치논리인데 이가원리적일 수 있나요?"

그녀의 질문에 혈적현은 눈을 동그랗게 뜨고 그녀를 돌아봤다.

얇은 이불 위로 늘씬한 몸매를 뽐내고 있는 그녀는 여전히 아름다웠다.

맞다.

잊고 있었지만, 그녀도 오성으로만 따지면 천마신교에서 손에 꼽을 만한 여인이다.

혈적현이 미소 지으며 말했다.

"그래서 어려운 것이오."

서린지는 몸을 획 돌리더니 말했다.

"뭔지 모르겠지만, 밤에 그런 걸 읽으면 잠을 잘 수가 없어요. 노년에 외롭고 싶지 않으니, 잠 좀 주무세요. 그러다 병나서 일찍 죽을라."

투정 어린 걱정에 혈적현은 왼손으로 그녀의 머리를 쓰다듬
었다.

그때였다.

[교주님, 조고가 왔습니다. 태학공자의 일이라고…….]

혈적현이 고개를 끄덕인 뒤에, 자리에서 일어났다.

그러자 서린지가 고개를 돌려 막 침상에서 나가는 그를 올
려다보았다.

"어디 가세요?"

"태학공자가 불렀소."

"……."

"잠깐이면 되……."

서린지는 다시 몸을 휙 돌렸다.

그런 그녀를 따뜻한 눈길로 바라보던 혈적현은 천천히 그녀
에게 다가가 그녀의 이마에 살짝 입을 맞추고는 작게 속삭였
다.

"다녀오겠소. 먼저 주무시오."

"됐어요."

서린지는 눈을 딱 하고 감아 버렸다.

혈적현은 하는 수 없이 그녀를 두고 방 밖으로 나왔다.

문 앞에는 작은 소년이 몸을 움츠린 채 서 있었다.

그때 혈적현의 그림자 속에서 그의 두 호법이 갑자기 나타

났는데, 그런 그들을 보고 놀란 소년이 엉덩방아를 찧었다.

"으악."

그 소년은 양손으로 무언가를 고이 들고 있었는데, 넘어지면서 놓쳐 버렸다.

혈적현은 공중에 뜬 그것을 왼손으로 낚아챘다.

소년은 세상에서 가장 놀란 표정을 짓고 혈적현을 올려다보았는데, 혈적현은 태연하게 오른쪽 안대를 벗어 텅 비어 있는 오른쪽 안구에 그것을 넣었다.

그것은 인공영안(人工靈眼)에 기계공학(機械工學)을 더한 자보(子寶)였다.

혈적현은 눈살을 찌푸리며 몇 번이고 눈을 깜박이더니 소년을 내려다보았다.

"좋구나, 고아야. 이 정도라면 앞으로 계속 맡겨도 되겠어."

소년, 조고는 얼른 무릎을 꿇고 엎드리더니 떨리는 목소리로 말했다.

"화, 황송합니다. 너무 시간이 지체돼서 소, 송구합니다."

혈적현은 찬찬히 조고의 상태를 내려다보았다.

잔뜩 기름진 머리카락이나 해진 옷을 보니 아마 며칠째 씻지도 않은 듯했다.

그가 말했다.

"그때 이후로 제대로 쉬지 않은 게로구나. 잠은 잤느냐?"

"가, 감히 교주님께서 이, 자보의 정비를 맡기셨는데 어찌 잠을 잘 수 이, 있겠습니까! 맹세하건대, 그, 그런 일은 없습니다."

아이는 두려움에 파르르 떨며 겨우 말을 마쳤다.

혈적현은 왼손을 들어 그 아이의 머리에 올리고는 몇 번 쓰다듬었다.

며칠간 뭉친 더러운 때가 손에 묻어났지만, 혈적현은 아랑곳하지 않았다.

"괜찮다. 이제 네 방에 가서 편히 쉬어라."

"예? 아, 그것이 태학공자께서 모시고 오라고……."

"괜찮으니까, 가서 쉬어."

"그, 그, 조, 존명!"

조고는 몇 번이고 고개를 조아린 뒤에 뒷걸음질을 치며 물러났다가, 어느 정도 거리가 멀어지자 후다닥 달려서 사라졌다.

혈적현은 그 모습을 보고 피식 웃더니, 호법들을 향해서 말했다.

"착용하마."

그 말이 떨어지기 무섭게 호법 중 한 명이 품속에서 사람 팔과 같은 의수를 꺼냈다.

그리고 다른 호법의 도움을 받아서 혈적현의 텅 비어 있는 오른쪽 어깨에 그것을 끼었다.

혈적현은 거무칙칙한 의수를 내려다보더니, 곧 주먹을 쥐어 보였다.

그렇게 신중히 의수를 점검한 그는 곧 서서히 걸음을 옮기기 시작했다.

"태학공자의 연구가 진척이 있었느냐? 자존심이 강한 그가 나를 부를 정도라면 확실한 진척이 있었을 텐데 말이지."

호법이 전음으로 대답했다.

[듣기로는 가져온 마법사의 시신을 되살렸다고 합니다.]

혈적현은 걸음을 멈출 정도로 놀랐다.

"과연 태학공자로군. 죽은 자를 살려? 강시가 아니면 마법이 겠어."

[하지만 혹시 마법사의 의식이 끊길지 몰라 야심한 시각임에도 불구하고 부르신 겁니다. 또한 교주님의 영안과 지혜 또한 빌리고 싶다고 하셨습니다.]

"그렇군."

그 말을 들은 혈적현은 서둘러 걸음을 재촉했다.

그는 곧 지하로 통하는 계단을 통해서 서서히 지면 밑으로 내려갔는데, 자연스럽게 습기가 가득 찰 정도의 깊은 곳까지 내려가자 반쯤 열려 있는 철문이 보였다.

그는 그 안으로 들어갔다. 이후 깊은 복도가 이어졌고, 한쪽으로는 비슷한 유형의 철문으로 된 방들이 줄지어 나타났다.

혈적현의 옆에 선 두 호법은 두 눈에 은은한 마기를 뿌리면서 주변을 경계했지만, 정작 혈적현 본인은 아무런 위협도 느끼지 못하는지 거침없이 그 복도를 거닐었다.

곧 그 끝에 도달한 그는 마지막 철문을 열었다.

"크흐흐으윽. 크으흐흑."

귀를 괴롭히는 불쾌한 소리가 은은하게 울리고 있었다.

혈적현은 복도와는 비교적 환한 방의 불빛에 잠시 눈을 가리고 빛에 익숙해지길 기다렸다.

곧 하얗게만 보이던 시야에 서서히 방의 윤각이 잡히기 시작했다.

태학공자 제갈극은 방 한쪽에 걸터앉아 있었다.

그의 의복은 거의 구 할 이상이 굳어 버린 검은 혈흔과 막 묻은 붉은 생혈로 범벅이 되어 본래의 색을 알 수조차 없었다.

그가 혈적현을 보고 물었다.

"조고는?"

두 호법은 순간 마음속에서 일어나는 살심을 억제해야 했다.

황제라도 감히 대천마신교 교주에게 그러한 말투로 질문할 수 없다.

단 한 명 예외가 있다면 바로 태학공자 제갈극.

이는 교주도 용인한 것이라 그들이 함부로 제지할 수 없지만 매번 적응이 되지 않는 것은 그들도 어쩔 수 없었다.

제갈극의 퉁명스러운 질문에 혈적현이 말했다.

"지금까지 잠도 못 잔 것 같아 방으로 보냈다."

"쯧. 영안을 빨리 정비하라고 윽박질렀더니 새파랗게 질려서는… 왜 교주가 그런 나약한 놈을 좋아하는지 모르겠느니라."

"그래도 실력 하나는 공방전의 어느 기자(機者)들보다 뛰어나."

"빛에 눈을 가리는 것을 보니 설마 정비가 제대로 안 된 것이더냐?"

혈적현은 눈을 몇 번 더 깜박이더니 말했다.

"빛의 양을 조절하는 데 시간이 조금 걸리는 걸 보면, 실수한 것이 아니라 오히려 과도하게 사람의 눈을 모방한 거라 할수 있다. 네놈이 보기엔 어떠냐? 조고가?"

제갈극은 비웃음을 숨기지 않으며 대답했다.

"본좌의 수준에는 발끝에도 미치지 못하지만, 범인들의 시선에는 천재라고 불릴 만한 것 같긴 하느니라."

말은 그렇게 했지만, 혈적현은 제갈극이 상당히 조고를 인정한다고 생각했다. 그렇지 않다면 애초에 상대조차 안 했을 것이다.

혈적현은 방 중앙을 바라보았다.

그곳에는 인간의 형태를 갖추고 있는 무언가가 있었다.

발아래에서부터 머리 꼭대기까지 푸른 천으로 칭칭 감겨 있어 아무것도 할 수 없다.

다만 입 부분만 뚫려 있어 신음과도 같은 소리를 입으로 끊임없이 내었다.

"크흐흐으윽. 크흐으으윽."

그 끈의 양 끝은 바로 그 옆에 서 있는 제갈극의 패밀리어, 모호의 양손에 붙들려 있었는데, 그녀는 혈적현을 보고 고갯 짓으로 인사할 뿐 아무런 말도 하지 않았다.

혈적현이 푸른 천에 완전히 감겨 있는 그 마법사를 찬찬히 살펴보며 말했다.

"보아하니 잘 살아 있긴 한데, 의식은 없는 것 같군."

"자기 자신의 상태를 이상한 신음으로 비관하고 있을 뿐이 니라. 의식은 있다. 그 자보로 한번 파악해 보거라. 그것을 통해서도 많은 것을 알 수 있을 것이니."

"영안은 네놈에게도 있을 텐데?"

제갈극은 팔짱을 끼더니 말했다.

"영안으로 같은 것이 보일지라도 그렇다고 그 생각과 해석까지 같아지는 것은 아니니라. 가뜩이나 객관성이 필요한 좌도적인 것에는 다른 영안으로도 보는 것이 바람직하지. 복잡한 건 아니고, 그저 확인만 해 주면 되느니라."

혈적현은 고개를 끄덕인 뒤, 그의 말대로 자보(子寶)에 집중했다. 그리고 그것을 통해서 그 마법사를 바라보았다.

"박쥐? 동굴인가?"

"……"

"아니… 동굴이 아니라 나무야. 거대한 나무. 그 안에 박쥐가 있군. 아니, 나무가 박쥐의 보금자리인가?"

제갈극은 고개를 끄덕이며 말했다.

"역시 그렇군. 내가 보는 것과 비교하면 객관적인 것을 가려낼 수 있겠어."

혈적현은 제갈극의 고개가 살짝 아래로 향한 것을 보았다. 제갈극이 깊이 고심할 때 취하는 자세이다.

그 버릇을 잘 아는 혈적현은 지금 그에게 어떠한 말을 해도 듣지 않는다는 것을 잘 알고 있었다.

때문에 그는 천천히 방 안에 있는 의자 하나를 가져와서 그 마법사 앞쪽에 두고 앉아 제갈극이 사색에서 벗어나기를 기다렸다.

제갈극은 곧 손가락을 튕기며 걸터앉은 곳에서 일어났다. 그러곤 혈적현과 그 마법사 사이로 걸어가서 마법사를 위아래로 보며 말했다.

"본좌가 몇 번 언급만 했을 뿐 한 번도 정확히 설명한 적이 없었느니라. 처음부터 설명해 주겠다."

혈적현은 다리 하나를 꼬고 왼팔을 등받이에 올리며 대답했다.

"확실하지 않으면 애초에 설명하고 싶지 않다는 것이 네놈의 논리였지. 이렇게 나를 부른 것을 보면 기대가 된다."

제갈극은 고개를 살짝 끄덕이며 말을 시작했다.

"처음 이것을 보았을 때, 일단 인간이 아닌 것은 확실했느니라. 외형적인 것도 물론 그렇지만, 몸을 조사해 본 결과 근본적으로 인간의 그것과는 다르다는 것이 판명 났지. 하지만 그 와중에서 그들이 천살지체(天殺之體)와 매우 유사한 근골을 가지고 있다는 것을 발견했느니라."

전혀 생각지도 못한 말에 혈적현의 눈빛이 강렬하게 빛났다.

"흐음, 설마 천살지체에 관해서 듣게 될 줄이야. 월려와 부교주의 실종에 관계된 마법을 연구한다고 들었는데, 그게 아니었군?"

"그 와중에 부수적으로 얻게 된 것이니라. 그러나 하늘 위에 하늘의 지성을 지닌 본좌에겐 그런 부수적인 것에서부터도 만사의 본질을 파악하는 것이 가능하지. 그 일환일 뿐이니라."

"어련하시겠나. 더 해 봐."

제갈극은 말을 더 이었다.

"일반 생명체에게서 찾아볼 수 없는 피의 특이한 기능이 그
것이다. 뿐만 아니라 정신적인 측면에서도 그렇다. 생존 욕구
와 더불어 그와 관계없는 욕망을 억누르는 인내력이 사람에
비해서 한없이 약해. 이는 수많은 실험을 통해서 입증된 것이
다."

혈적현의 눈빛이 기계공학을 연구할 때만큼이나 강렬하게
빛났다.

"그래서 이 마법사에게서 천살지체의 가능성을 보았다는
것이로군."

"문제는 차이점이다. 이 마법사는 그 육신을 유지하기 위해
서 필요한 공급원이 음식이 아닌, 타인의 타액이라는 점이다."

"타액?"

"육신에서 나오는 모든 타액을 영양분으로 삼지만, 그중 가
장 갈망하는 것은 바로 혈액. 그것도 심장에서부터 갓 뿜어진
동맥의 혈액이다. 천살성들의 식심마공(食心魔功)이 떠오르지
않나?"

"……."

"그리고 그 혈액을 바탕으로 거의 무한한 생명력을 보여 주

고 있어. 그 부분에 관해서는 천살지체조차 따라오기 어려울 만큼. 경이롭고 또 경이로운 육신이지. 이 마법사가 살아난 것은 내가 어떠한 술법을 부리거나 마법을 시전했기 때문이 아니라, 피를 먹이니 그 경이로운 회복력을 되찾아 알아서 살아난 것이야."

제갈극의 아름다운 작품을 감상이라도 하듯 황홀경의 젖은 표정을 지었지만, 혈적현은 심드렁하게 물었다.

"그래서 역혈지체는? 결국 중요한 것은 마공을 부작용 없이 익힐 수 있는가, 없는가 하는 문제야. 마정이 사라지고 더 이상 마단을 생성할 수 없게 된 지 일 년밖에 지나지 않았지만, 벌써부터 마공은 쇄락의 길을 걷고 있어. 마인이라는 것은 빠르게 소모되지만 동시에 빠르게 충원되기에 유지된 것이지. 빠르게 소모만 되고 있는 작금의 상황을 보면 이대로 가다가는 오 년에서 십 년 사이에 마공은 과거의 유산이 될 뿐이다."

제갈극은 혀를 찼다.

"쯧. 사태가 그렇게 된 것에는 교주인 네 책임이 가장 중하니라. 정작 네가 마공이 없이 기계공학으로 교주가 되었는데, 어느 마인이 회의감을 느끼지 않을 수 있겠느냐? 마인의 희망인 심검마선이 네 친우로서 신물주로 남아주지 않았다면 진작 천마신교는 붕괴했느니라."

"그만큼 월려는 본 교에서 중한 위치에 있다. 그가 실종된 걸 생각하면… 후우……."

혈적현은 고개를 푹 숙이고 한숨을 쉬었다. 제갈극은 그런 그를 슬쩍 돌아보며 말했다.

"마인인 교인들과 마인이 아닌 교인들 사이에서의 간극은 점차 심화될 것이니라. 이미 전통적인 강골들 중에는 마단이 없는 천마신교보다 혈단을 가진 혈교가 더 정통성을 가지고 있다고 이야기가 퍼지고 있느니라. 그들은 심검마선 때문에 감히 색이(塞耳)를 일으키진 않겠지만, 하나둘씩 마음이 떠나고 있는 건 어쩔 수 없을 것이니라."

"그렇겠지. 그래서 월려를 찾아야 하는 것이다. 월려 없이 마공을 새로이 부활시키는 것은 불가능에 가깝다. 그만큼 정통한 자가 없어. 만약 그가 돌아오지 않아, 마공을 버려야 하는 사태가 온다면, 본 교에는 또 다른 피바람이 불 것이다."

제갈극은 미묘한 웃음을 얼굴에 그리며 말했다.

"꼭 그렇지만도 않다. 자, 우선 이자의 얼굴을 보거라."

제갈극이 신호하자, 모호가 한쪽 팔을 살짝 흔들었다.

그러자 그녀의 손에 잡힌 천이 스르륵 울렁이더니, 마법사의 얼굴을 꽉 쪼고 있던 천이 풀려 그 얼굴이 만천하에 드러났다.

모호가 다시금 팔을 흔들자, 새로이 만들어진 울림이 빠르게 천을 타고 올라가 처음 만들어진 울림을 따라잡았다.

그 둘은 묘하게 서로를 상쇄시켰는데, 그것은 정확히 천이 마법사의 목까지 풀렸을 때쯤이었다.

마법사는 신음을 멈췄다. 그리고 서서히 두 눈을 떴다.

그녀의 두 눈동자는 연보랏빛으로 빛나고 있어 묘한 분위기를 풍겼다.

그녀는 잔뜩 긴장한 표정과 경계의 눈빛으로 혈적현을 보았다.

그러다가 무심코 제갈극에게 시선을 돌렸는데, 감히 눈도 마주치지 못하고 극심한 공포에 두 눈동자를 파르르 떨었다.

혈적현은 그 마법사를 보고 말했다.

"애루후로군. 미묘하지만… 어디서 본 것 같군."

"미내로."

혈적현은 경악했다.

"미내로?"

"정확히 말하면 교주전에서 자신의 본 모습을 드러냈던 그 마지막 순간의 미내로와 말이다."

혈적현은 입을 벌린 채로 자리에서 벌떡 일어나면서 말했다.

"보아하니 미내로 본인은 아닌 것 같고, 어떻게 된 영문이냐?"

"본좌가 아는 모든 가문의 술법을 동원해서 생체 실험을 한 결과, 미내로의 그것과 동일한 육신이니라. 인간으로 말하면 쌍둥이 같은 것이니라."

"설마. 미내로의 쌍둥이 자매라는 말이냐?"

"그것까진 알 수 없었느니라. 어찌 되었든 그녀와 같은 몸이라는 것이다. 그것이 정말 쌍둥이여서 그렇든, 그들의 종이 그러한 특성을 가진 것이든 이유는 중요치 않느니라."

"흐음."

"재밌는 점은 완전히 죽은 시체였다가 다시 살아날 정도의 생명력은 일반 엘프들에게 없다는 점이니라. 본좌가 아는 어떠한 엘프들도 그러한 회복력을 보여 주지 못했느니라."

"그럼 이 애루후는 뭐지? 어떤 특수한 마법은 쓴 것이냐? 죽었다가 부활이라도 할 수 있는?"

"마법이었다면 경이로운 마법이라 했을 것이니라. 본좌가 경이로운 육신이라 한 이유는 바로 육신 자체에 그런 회복력이 있었다는 점이다. 역혈지체가 완전히 마성에 지배되어 하나의 야수가 되었을 때나 보여 줄 법한 그런 회복력 말이다."

"……."

혈적현이 말이 없자, 제갈극은 팔짱을 끼고 과거를 회상했다.

"수라를 아느냐?"

"천마급 마인, 아니, 초마(超魔)급 마인이 돌이킬 수 없을 만큼 마성에 젖어 폭주했을 때지."

"수라는 온몸이 뚫리고 베이고 찢기고 심지어 동강 나도 그 육체를 온전히 회복하느니라. 가진 모든 마기가 태워져 완전히 소멸할 때까지 그 육신을 절대로 멸할 수 없느니라."

"그렇지."

"이 마법사는 심검마선을 중원에서 없애 버리는 그 마법을 위해서 생명을 바쳤다. 말 그대로 생명이 사라졌지. 그 순간 죽었고 거기에는 더 이상 왈가왈부할 여지가 없다. 그런데 살아났느니라. 피를 마시고. 핏속에 담긴 생명의 기운을 마시고 다시금 부활했다 해도 과언이 아니니라. 이 둘 사이에서 느껴지는 공통점이 있느냐?"

혈적현은 과거 피월려와 나누었던 무학을 떠올렸다.

그는 실종된 피월려의 생각에 어두운 표정을 지으며 말했다.

"완전히 비워진 선천지기가 채워졌다는 것을 말하는 것이냐?"

"그렇다. 생명이란 복잡하기 짝이 없는 정교한 기계장치와도 같으니라. 하나라도 어긋나면 생명 유지에 치명적이지. 한데 그런 것이 이 간단한 방식으로 대체된다. 수라의 경우에는 마기. 이 마법사의 경우에는 피로써 말이다. 그 하나만 충족된다면 언제고 살아나는 것이니라."

혈적현은 충격을 받은 표정으로 중얼거렸다.

"천살가에서 아직 완성하지 못한 그 혈단. 범인을 인위적인 천살성으로 만드는 식의 그런 혈단이 이계의 기술 속에 있단 말인가?"

제갈극은 거만한 표정을 지어 보며 말했다.

"말하자면 이계의 혈단인 셈이니라. 종합해서 말하자면, 이 엘프는 이계의 혈단을 먹고 변형된 형태의 엘프인 것이니라. 이 엘프가 마법을 시전하느라 소모한 생명을 다시 되찾을 수 있었던 것은 엘프 본연의 힘이 아니라 후천적으로 받은 힘에 의해서 육신이 변형되어 그런 것! 그리고 그 후천적인 힘을 인간에게 적용하여 연구할 수 있다면……."

"역혈지체와 비슷한 신체를 이룩할 수 있다, 이 뜻인가?"

"그렇다."

"……."

"왜?"

혈적현의 표정은 점차 차가워지자, 제갈극이 그에게 물었다.

하지만 혈적현은 아무런 말도 하지 않고 그가 가져왔던 그 의자에 천천히 앉았다.

잠시 생각한 그가 나지막한 목소리로 말했다.

"피를 통해서 육신을 변화시키는 것이라면, 마단이라기보단 혈단에 가까워. 천마신교의 정통 마공과 전혀 맞지 않을 수 있다. 천살가에서 괜히 천살성의 전용 마공을 익힌 것이 아니지 않느냐?"

"물론 그러하느니라. 하지만 중요한 세 가지가 더 남아 있다."

"뭐지?"

제갈극은 혈적현의 두 호법을 슬쩍 보았다.

제갈극의 마음을 눈치챈 혈적현은 고개를 끄덕이자, 제갈극은 알았다는 듯 말을 시작했다.

"첫째, 이계의 혈단을 가지고 천살가와 교섭할 수 있다. 그들은 아직 혈단을 보편화시키지 못했어. 마단이 훌륭했던 점은 역혈지체의 성공률이 굉장히 높았다는 것이다. 하지만 현재 그들이 가진 혈단은 모조리 실패하고 있어. 이미 선천적인 천살성의 기질이 없는 사람에겐 그냥 독약에 불과하지. 그러니 이 이계의 혈단은 그들에게 사용할 수 있는 극히 좋은 패(牌)가 될 수 있다."

그 말을 들은 혈적현의 표정이 조금 나아졌다.

그가 물었다.

"둘째는?"

"이계의 혈단이 시사하는 바가 무엇일까? 본좌의 생각에는 바로 이계의 마단이니라. 과연 중원에만 혈단과 마단이 존재했던 것일까? 이계에도 충분히 그러한 것들이 있을 수 있으리라. 사람의 몸을 그 속부터 완전히 변화시키는 그러한 성질의 것. 이 혈단이 이 엘프를 그렇게 만들었다면, 개중에는 분명 중원의 마단과도 같은 효과를 지닌 것이 있을 수 있느니라. 다시 말하면, 이계의 마단인 셈이지. 더 이상 절대로 만들 수 없다고 믿었던 마단을 이계의 그것으로 대체할 수 있다는 그 가능성. 그것만으로도 굉장한 것이니라."

아쉽게도 혈적현은 동의하지 않는지 퉁명스럽게 되물었다.

"셋째는?"

제갈극이 갑자기 한 손을 뻗었다. 그의 두 손가락의 끝은 엘프마법사를 가리키고 있었다.

"저 연보랏빛의 눈빛. 미내로에겐 없었느니라. 때문에 그것을 연구해 본 결과, 그것은 육신이 본래 가진 각막에서 나오는 것이 아니었느니라. 그보다 더 근본적인 것이지. 왜, 흔히 마기를 일으키면 눈에서 검거나 붉은빛이 일렁인다 하지. 그래서 나는 마인들을 불러다가, 그들의 눈에서 뿜어져 나오는 안광을 조사 및 비교해 보았느니라. 그리고 그 둘은 결국 같은 유형의 것임을 깨닫게 되었느니라."

"마인의 안광과 비슷하다?"

"다른 점은 항시라는 점이니라. 마인의 경우 전신에서 마기를 흘리는데, 이자는 마광만을 가지고 있느니라. 그것도 색이 달라 보일 정도로 진한. 마치 모든 마기가 눈에만 집중되어 있는 듯 해. 그런 경우라면 육신이 절대로……."

혈적현은 제갈극의 말을 잘랐다.

"버틸 수 없지."

"그렇다. 버틸 수 없느니라. 그러나 이 엘프의 몸은 단순한 엘프의 몸이 아니라 이계의 혈단에 의해서 변형이 일어난 몸. 피를 공급받으면 그만큼 생명력이 되살아나는 특이한 몸이라 이 말이지."

"……."

제갈극은 음흉한 미소를 지으며 물었다.

"여기서 한 가지 재밌는 점을 알 수 있지 않겠느냐?"

혈적현은 제갈극의 생각을 이해하곤 턱을 매만지더니 말했다.

"일부러 짜 맞춘 것 같은 그런 느낌이 드는군. 자연적으로 발생했을 리 없는……."

"그 뜻은 누군가 만들었다는 것이고 그 뜻은 본좌도 만들어 내는 것이 가능하다는 말이니라."

"흐음. 이계의 역혈지체라. 아직 가설에 불과해."

혈적현의 냉소적인 말에 제갈극은 사악하게 웃으며 말했다.

"그렇기에 널 부른 것이니라. 더 심문하기 위해서."

"아, 아직 심문 중이였군."

"너 또한 영안을 통해 박쥐를 보았으니, 그것은 객관적인 것이라는 확신이 생겼느니라. 심문이란 상대가 무엇을 알고 있는지 확신이 있을 때만이 진정한 의미가 있는 법이니라."

제갈극은 더할 나위 없이 음흉한 표정을 지으며 서서히 엘프마법사에게 다가갔다. 그녀는 제갈극을 혐오스럽게 쳐다보며 최대한 그에게서 멀어지려 했지만, 온몸을 칭칭 감은 천 때문에 제갈극이 그 귓가에 속삭이는 것을 막을 수 없었다.

"S'tahw pu htiw tab?"

"T, tab?"

"Rewsna em."

제갈극이 으름장을 놓자 엘프마법사는 사시나무 떨 듯 말을 시작했다.

몇 차례 이계어가 오간 뒤, 제갈극은 어느 한구석으로 가서 종이와 강필(鋼筆)을 가져왔다. 그것은 공방에서 만든 것으로 기존의 문방사우보다 월등히 진보된 필기도구였다.

제갈극은 다시금 엘프마법사의 앞에 서서 이계어로 이것저것 묻기 시작했다.

이계마법사는 제갈극의 질문에 순순히 답해 주었는데, 그 두 연보랏빛 눈동자 속에 진하게 깃든 공포심이 애처로워 보일 지경이었다.

얼마나 지났을까?

제갈극은 만족한 미소를 띠우곤 혈적현에게 왔다.

"어떤 고문을 했기에, 저리 두려워하는 것이냐?"

혈적현의 질문에 제갈극은 어깨를 들썩였다.

"몸을 여기저기 바꿔줬을 뿐이니라. 코로 배설을 해 본 이후로부턴 말을 잘 듣더군."

"……"

"하여간 들어 보거라, 상당히 흥미로운 정보이니라. 그녀의 학파는 네크로멘시(Necromancy) 학파. 말 그대로 죽음을 연구하는 마법사들인데, 그들은 죽은 자들을 되살리는 최종적인 목적이 있느니라. 그 수많은 시행착오 중 죽음과 삶 가운데 있게 된 것이 있는데 그것을 언데드(Undead)라고 한다. 중원의 강시와 비슷한 것이니라."

혈적현은 고개를 갸웃했다.

"강시? 갑자기 강시라니? 그래서?"

"두 영안에 모두 보인 박쥐에 대해서 캐물으니, 그것이 어떤 감염의 시초를 제공했다고 했느니라."

혈적현은 고개를 크게 끄덕였다.

"박쥐가 질병을 옮긴다는 말은 들었지. 질병. 질병인가? 질병을 인해서도 육신의 성질이 바뀔 수 있다는 생각을 왜 지금껏 해 보지 못했을까?"

혈적현의 자문에 제갈극이 설명했다.

"먼 과거 박쥐의 질병에 감염된 마법사가 있었느니라. 그 당시의 어떤 치료마법으로도 살아날 수 없었던 그는 완전히 새로운 치료마법을 창시하기 이르는데, 바로 질병과 싸우는 것이 아니라 그것을 있는 그대로 받아들이는 것이니라. 그 마법이 처음 행해졌을 때, 마법사는 죽은 채로 살게 되었다고 했지. 그것이 언데드의 한 종류라 할 수 있는 뱀파이어(Vampire)라고 하느니라."

"흐음… 이해가 가질 않는군. 박쥐로 인해서 질병에 걸린 채, 그 새로운 치료마법을 쓰면 그 뱀파이어라는 강시가 된다는, 뭐 그런 건가?"

"그녀가 말하길 새로운 종의 탄생에 가깝다고 하느니라. 이 엘프마법사는 스스로에게도 그 마법을 행하여서 뱀파이어가 되었다고 말했느니라."

혈적현은 엘프마법사에게 시선을 던지며 말했다.

"그러면 그녀가 가진 천살지체와의 유사한 몸은 바로 그 뱀파이어라는 강시의 몸이기 때문인가?"

"들어 보니 강시보다는 생강시라고 하는 것이 맞느니라. 그 마법이 성공하기 위해서 육신이 죽었다가 깨어나는 일이 필요하긴 하지만, 확실하게 죽음이 임해 영혼이 떠나거나 하진 않는다고 했느니라."

제갈극의 설명에 혈적현의 얼굴이 곧 어두워졌다.

"흐음. 그렇다면, 신의 힘을 받아 육신이 다른 속성으로 바뀌는 천살지체나 역혈지체와는 근본적으로 다르다고 할 수 있겠어. 네가 아까 말한 세 가지 유용성은 의미를 잃었다, 제갈극."

제갈극은 혈적현 앞으로 걸어가 그를 마주 보며 천천히 말했다.

"아니, 그렇지 않느니라. 이것이 질병과 마법의 힘이라 할지라도, 그 셋의 유용성은 그대로 이어지느니라."

혈적현은 자세를 편하게 하며 제갈극을 올려다보았다.

"어떻게?"

"첫째로, 천살가에게 여전히 쓸 패가 있다. 이 특이한 육신은 분명 천살가의 천살지체와 유사한 점이니라. 그런데 근본적으로 다른 것이다. 다시 말하면 이 둘은 융합할 가능성이 있다는 것이니라. 같은 것이라면 섞여 버리겠지만, 다른 것이라면 둘의 특성이 모두 나타나 더욱더 견고한 육신이 생성될 수 있다는 점이다."

혈적현은 심드렁하게 말했다.

"가설이군. 두 번째는?"

제갈극의 입꼬리가 살짝 떨리더니, 그가 다시 말을 이었다.

"질병으로 인해 인체가 뒤바뀔 수 있다는 가능성. 그리고 마법을 통해 안정화시키는 것이 가능하다는 점을 든다면, 이 계의 기술로 마단과 같은 효과를 지닌 것을 만들어 낼 수도 있을 것이니라. 이계에 있는 역혈지체와 유사한 질병과 그에 상응하는 마법을 창시할 수 있다면 이계의 마단은 단순한 가 설만으로 치부할 수 없게 되느니라."

"현재로서는 가설. 세 번째는?"

이번엔 반대쪽 입꼬리가 파르르 흔들렸다. 제갈극은 침을 삼키며 자존심을 굽히곤 다시 말했다.

"이계의 마단은 분명 없을 수 있다. 하지만 우리의 궁극적인 목적은 역혈지체를 만들어 내는 것이 아니니라. 천마신교의 정통마공을 익힐 수 있는 신체를 만드는 것이니라. 지금까진 오로지 역혈지체만이 그것이 가능하다 믿었기에, 역혈지체에 매달린 것이다. 하지만 저 신체를 보거라. 자신의 생명을 바치 는 마법을 실행해 죽음에 이르렀음에도, 피만 섭취하면 멀쩡 해지느니라. 이런 강인한 육신이라면 피가 거꾸로 솟는 마공 들을 임의적으로 실행한다 해도 무리가 없이 펼칠 수 있을 수 있느니라."

"역시 가설이군."

명백한 무시에 제갈극의 언성이 조금 높아졌다.

"저 두 연보랏빛 눈빛을 봐라. 사이한 두 눈빛을. 분명 마(魔)

의 속성을 가지고 있느니라! 저런 것이 항시 유지되는데 그걸 버티어 내는 육신! 저 정도의 육신이라면 천마신교의 정통마공에 속하는 정도의 마는 충분히 지배할 수 있다. 아니, 사장된 위험한 마공들도 가능할 것이니라."

"……"

"시간이 좀 더 필요하느니라, 시간이."

혈적현은 팔짱을 끼고 제갈극을 보았다.

제갈극은 강렬한 눈빛으로 그를 마주 보았지만, 곧 먼저 눈길을 돌릴 수밖에 없었다.

방 안의 공기가 묘하게 가라앉았다.

잠시 후 혈적현이 말했다.

그의 목소리는 놀랍도록 차가웠다.

"내가 말하지 않아도 네 스스로 알겠지. 네 말이 모두 가설에 불과하다는 것을."

"……"

"나는 지금까지 네게 그 무엇도 재촉하지 않았다. 그런데 이 야심한 시각에 나를 불렀다는 건, 네게 그만한 확신이 있었을 터! 그러나 그런 네 입에서 시간이 더 필요하다고 말했다는 건 이미 네 예상이 틀렸다는 반증이다. 네가 아무런 말을 하지 않았다면 나는 어차피 네게 더 시간을 주었을 것이다. 얼마나 더 걸리든 간에 말이야. 하지만 네가 스스로 네 한

第十八章 153

계를 보였으니, 더는 시간을 줄 수 없다, 제갈극."

"……."

"솔직히 말하지. 네가 방 안에 틀어박혀 연구한다기에, 나는 당연히 네가 월려와 부교주가 사라진 그 마법을 연구하는 줄 알았다. 이런 쓸데없는 연구로 시간을 날리고 있을 줄은 몰랐군."

제갈극은 입을 꽉 문 채로 말했다.

"그에 관한 것은 이미 다 끝냈느니라. 더 이상 알 수 있는 게 없기 때문에, 다른 방편을 연구한 것이니라. 다시 말하지만 이번 연구로 교인들이 모두 마인이 될 수 있다면 지금처럼 심검마선이나 태룡향검에게 의지하는……."

혈적현의 두 눈썹을 꿈틀거렸다.

"내가 그들에게 의지한다고 생각하나?"

"……."

제갈극은 입을 다물었다.

혈적현은 깊이 숨을 마신 뒤에 다시 내쉬며 얼굴을 폈다.

"후우. 그래, 그렇지. 신물도 없는데 신물주 제도를 폐지하지도 않고 월려를 방패막이 삼고 있는 내가 그에게 의지하고 있다고 해도 할 말은 없지."

제갈극은 말을 돌렸다.

"실험 대상자가 필요하느니라. 우선적으로 건장한……."

혈적현이 자리에서 벌떡 일어나며 제갈극의 말을 잘랐다.

"이 연구를 때려치우라는 건 아니다. 하지만 지금은 일단 월려와 부교주를 찾는 데 집중해. 더 알아낼 것이 없다면, 내일 아침에 장로들 앞에서 보고하도록 하고. 혹시 모르니 그때까지는 더 알아봐라."

혈적현은 뒤도 돌아보지 않고 그 방을 나섰고, 호법들도 재빨리 그의 뒤에 붙었다.

"……."

"……."

방 안에는 정적이 감돌았다.

한동안 가만히 서 있던 제갈극은 입술을 깨물더니 곧 엘프마법사 앞으로 저벅저벅 걸어갔다.

그러곤 소매를 걷어 왼손을 그 엘프마법사 입 앞에 가져갔다.

제갈극이 말했다.

"Etib!"

그 말을 들은 엘프마법사와 모호의 눈이 똑같이 동그랗게 변했다.

"Etib!"

이계어를 크게 외친 제갈극의 두 눈은 당장에라도 불타오를 듯했다.

　　　　*　　　　　*　　　　　*

　막 해가 떠오르는 묘시(卯時).

　화산에서 가장 거대한 대전, 화경전(花梗殿) 앞에 선 두 매
화검수는 멀리서 오는 소청아와 녹준연을 감정 없는 눈빛으
로 보았다. 그러나 소청아 등에 업혀 있는 깡마른 여인을 보
자 그 두 눈에 격한 감정이 올라왔다.

　"다, 단주입니까?"

　한 매화검수가 묻자, 녹준연이 말했다.

　"그래. 지금까지 음식은커녕 물도 입에 대지 않으셨다."

　다른 매화검수가 녹준연에게 말했다.

　"이대로 들어가기에는 너무……"

　"장로님의 명은 단주를 데려오라는 것. 그 의외에 다른 말
씀은 없으셨다."

　"그래도 어느 정도 차비를 하시는 것이 어떻습니까?"

　소청아는 등에 업은 정채린을 내려 주더니, 신경질적으로
말했다.

　"아, 옷에 더러운 게 묻었잖아요, 사저. 단식하면 단식하지
왜 씻지도 않고 그래요. 정말……"

　"……"

정채린은 아무런 말도 할 힘이 없어 대꾸하지 못하고 반쯤 주저앉았다.

소청아는 그 두 매화검수에게 눈짓했고, 그녀의 성깔을 익히 아는 그들은 순순히 정채린 양옆으로 가서 그녀를 부축했다.

아니, 하려 했다.

"기다리어라."

한쪽에서 들린 목소리.

그곳에는 팔척귀신이 화경전의 주춧돌 위에 걸터앉아 있었다. 얇은 팔다리가 묘하게 길어, 마치 검을 이어 붙인 것 같았다.

"뭐, 뭐냐?"

"대, 대낮인데?"

소청아와 녹준연을 포함한 네 명의 매화검수는 진기를 끌어 올리며, 검을 뽑았다.

그리고 서로를 바라보았는데, 모두 같은 얼굴을 하고 있었다.

떨리는 눈빛과 당황한 표정. 매화검수는 지금까지 사악한 마인을 추살한 적은 많아도, 진짜 귀신을 퇴마한 적은 없었기 때문이다.

"거, 검기라도 뿌려 볼까요?"

"그, 그래야겠지?"

다들 어찌할 바를 모르는 와중에, 팔척귀신은 길고 긴 머리카락을 양손으로 들어 올려 정리하면서 말했다.

"귀신은 무슨. 너희 매화검수들이 훈련하다 죽을 뻔한 걸 몇십 번이고 살려주었던 은인조차 못 알아보고 못 하는 소리가 없구나."

네 매화검수는 팔척귀신의 얼굴을 보곤 검을 급히 집어넣을 수밖에 없었다.

소청아는 한결 밝아진 목소리로 말했다.

"아, 소타 할아버지셨구나! 그런데 그 머리는 어떻게 된 거예요? 워, 원래는 민머리셨잖아요?"

팔척귀신, 아니 소타 선생은 양손으로 자기 머리를 긁적거리며 말했다.

"최근에 약을 개발했다. 그런데 부작용으로 머리가 너무 많이 나서 말이지. 간지러워 짜증 나서 다시 밀 생각이야."

녹준연은 입을 살짝 벌렸다. 그는 마른침을 삼킨 뒤에 말했다.

"저, 정말로 타, 탈모를 고치셨다는 말입니까?"

"그래. 왜?"

"아, 그… 그게……."

소청아 앞에서 말할 수는 없는 법. 녹준연은 가까스로 자신의 마음에서 일어나는 기쁨을 억눌렀다. 이 상황에서 기쁨이 표출된다면 그것이 무엇을 의미하는지는 너무나도 뻔했기 때문이다.

소타 선생은 바짝 마른 거구를 이끌고 터벅터벅 매화검수들에게 걸어왔다.

노년의 나이에도 꼿꼿이 선 허리와 큰 키는 태양을 가려 그림자를 만들 정도였다.

안 그래도 막 동굴에서 나와 눈이 너무나도 부셔 도저히 뜰 수 없었던 정채린은 갑자기 눈앞에 생긴 반가운 어둠에 눈을 살포시 떠봤다.

소타 선생이 말했다.

"마가 끼었군. 깊이 숨어 있지만, 노부의 눈을 벗어날 순 없어."

그 말에 소청아가 입을 가리며 말했다.

"서, 설마. 벌써요? 고작 나흘밖에 지나지 않았는데."

"눈빛에서 벌써 마기가 느껴지는데 뭘."

"그, 그럴 리가……."

소타 선생은 고개를 도리도리 흔들면서 나지막하게 말했다.

"아이고, 내가 널 치명상에서 구해 준 것만 두 번이고 중상까지 포함하면 다섯 번을 넘고, 경상까지 하면 열 손가락으로도 모자란데 말이야. 화산 어른들도 네가 화산을 이끌 인재라고 얼마나 신신당부를 했었는데… 쯧쯧쯧. 마가 끼었으니, 이를 어찌할꼬. 이 정도의 마라면 개마환(蓋魔丸)으로도 덮지 못할 수도 있겠어."

그의 말에 네 매화검수들은 그 말을 도저히 믿을 수가 없어 모두 할 말을 잃었다. 그러나 정작 정채린 본인은 아무렇지도 않다는 듯 미약한 목소리로 말했다.

"송구하게 되었습니다, 어르신."

소타 선생이 혀를 다시금 차더니 말했다.

"쯧, 그리 자책이 심했더냐? 이 정도의 마가 낄 만큼 자책한 게야?"

"……."

"그 어두운 곳에서 아무도 네 잘못이 아니라 말해 줄 사람도 없었으니, 계속해서 안이 썩어 들어간 건 어찌 보면 당연하지. 네가 이리되도록 일부러 널 가뒀다고 생각하고 싶지 않지만… 뭐, 그런 정치질이야 내가 생각할 게 아니니 관두지."

소타 선생은 품에서 단환 하나를 꺼냈다. 초록빛이 은은하게 나는 갈색으로 냄새만 맡으면 인간의 대변과 전혀 다를 것이 없었다. 아니, 오히려 더 역했다.

네 명의 매화검수들이 다들 코를 막았다. 정채린의 눈빛도 파르르 떨렸지만, 이내 결심한 듯 재빨리 그것을 낚아채고는 그대로 입에 털어 넣고 삼켰다.

그러나 그런 그녀도 도저히 악취를 참을 수 없었는지, 그대로 땅바닥에 양팔을 대고 헛구역질을 하기 시작했다.

"우웩. 웩. 우웩."

그녀는 그대로 땅에 그 단환을 뱉어 버렸다.

"쯧, 뭐 그리 급하다고 설명도 안 듣고 먹으려 하느냐?"

소타 선생은 정채린을 냉정한 눈길로 내려다보다가, 곧 왼손을 들어 그녀의 뒷머리를 잡아당겼다.

헛구역질을 하던 정채린은 그 우악한 손길에 이끌려 목이 젖혀졌다.

그는 땅에 떨어진 단환을 손으로 집어서, 그대로 정채린의 입속에 밀어 넣었다.

그 끔찍한 광경에 네 매화검수들이 전부 얼굴을 찡그리는데, 소타 선생은 아랑곳하지 않고 정채린의 코를 부여잡았다.

그녀는 숨을 쉴 수가 없어 입으로 숨을 쉬는데 때문에 그 단환이 기도로 들어갔다.

"그 단환은 식도가 아니라 기도로 들어가게 되어 있다. 그러니 아무리 삼키려 해도 소용없어. 괴로워도 숨을 깊게 들이마시면서 그것을 폐로 인도해라. 그러면 금방 끝난다."

정채린은 얼굴을 일그러뜨리며 기도에서 느껴지는 이물감을 가까스로 참아 냈다. 그러자 얼마 지나지 않아 갑자기 기도가 확 트이는 느낌이 들면서 이 세상의 모든 공기가 한 번에 폐로 밀려오는 기분이 들었다.

"하아. 하아. 하아."

격한 숨을 내쉬는 정채린을 보며 소타 선생은 그녀를 놔주었다.

정채린은 한쪽 팔로 땅을 짚고는 하늘을 올려다보며 눈을 크게 떴다.

아무리 숨을 마시고 또 마셔도 부족한지, 그녀는 계속해서 거친 숨소리를 내었다.

"후우. 후우. 후우."

짧은 숨은 서서히 길어지기 시작했고, 결국엔 긴 심호흡이 되었다.

그와 동시에 어둡기 그지없었던 그녀의 혈색이 점차 돌아왔다.

짙은 그림자가 가득했던 얼굴도 화색을 되찾았고 빛을 잃었던 두 눈빛도 총명한 기운을 회복했다.

이마에 송글송글한 땀을 훔친 그녀가 전과 다른 기운찬 목소리로 말했다.

"감사합니다, 어르신."

소타 선생이 말했다.

"고마워할 것 없다. 난 중립을 지향하니, 균형을 맞춘 것뿐이다. 이 이상은 네가 알아서 해야지. 하지만 이토록 지독하다니… 확률은 반반이겠어."

"예?"

소타 선생은 그녀의 두 눈을 지그시 보다가, 곧 실망스럽다는 듯 화경전으로 고개를 돌려 버렸다.

"만약 화산을 떠나게 된다면 나를 찾아오려무나."

"그, 어, 어르신?"

소타 선생은 정채린의 반문에 아무런 대답도 하지 않고 그녀에게서 멀어졌다.

그리고 전에 서 있던 화경전의 모퉁이 돌에 가서 앉았다. 더 이상 말을 하고 싶지 않다는 뜻이었다.

소청아가 못마땅하다는 듯 말했다.

"여전히 할아버지는 사저를 좋아하시네요. 이제 기운도 찾았겠다, 부축할 필요는 없겠죠?"

"그래. 혼자 걸을 수 있어."

"흥."

소청아는 콧소리를 내더니 곧 휙 몸을 돌려 화경전 안으로 먼저 들어가 버렸다.

세 명의 남제자들은 정채린이 행여나 넘어질까 옆에 서 있었는데, 정채린은 보란 듯이 자리에서 일어나 천천히 걸음을 옮겼다.

그녀가 슬쩍 돌아보았을 때, 소타 선생은 하늘을 향해 고개를 들고 눈을 감고 있었다.

정채린이 화경전에 들어서자, 화경전에 반쯤 차 있는 화산의 고수들이 전부 그녀를 보았다.

그녀가 눈을 들어 중앙을 보니, 장문인이 앉는 보탑(寶榻)에는 이석권이 앉아 있었다.

정채린의 두 눈이 차갑게 가라앉았다.

"검봉 정채린. 화산의 모든 제자들을 언제까지 기다리게 할 텐가? 어서 와서 심문을 받지 못하겠느냐?"

이석권의 말에 정채린의 표정에 서린 비장함이 한순간 송두리째 사라졌다. 그녀는 다시금 화경전의 양옆을 보더니, 이석권에게 말했다.

"모, 모든 제자라 하시면 여기 모인 인원이 저, 전부라는 겁니까?"

이석권의 한쪽 눈 밑에 경련이 일어났다. 그는 분노를 삭인 목소리로 말했다.

"화산의 일대제자와 이대제자. 그 전부이다."

정채린은 그대로 허물어졌다. 그녀는 사방을 다시금 둘러보며 물었다.

"몇이나… 몇이나 죽었습니까?"

이석권이 말했다.

"칠십이 명이다. 일대제자는 나를 제외하고 모두 죽었다. 그리고 이대제자는 매화검수들을 제외하곤 단 세 명뿐이 살아 있지."

"……"

화산파에선 편의상 배분에 상관없이 초절정에 이르면 일대제자, 절정에 이르면 이대제자, 그 아래는 삼대제자라고 칭한다.

이석권의 말은 즉 화산파의 초절정고수가 이석권 한 명만이 남았으며, 절정고수도 매화검수를 포함해 삼십 명 아래로밖에 남지 않았다는 뜻이다.

게다가 매화검수는 화산의 무력을 대표하기 위해 전투적인 훈련만을 받았다.

때문에 화산파 내부의 일을 하거나 제자를 양성하는 데는 삼대제자만큼이나 모르는 것이 많았다.

그러니 결국 화산파는 단 네 명이서 살림을 꾸려야 할 지경인 것이다.

정채린은 도저히 이 상황을 받아들이기 어려웠다. 매화검수는 화산에 위기가 닥칠 때 가장 먼저 죽어야 하는 제자들이다. 그러기 위해서 만들어진 단체다.

그런데 그들만 이렇게 덩그러니 살아 버리다니. 그 수장으로서 그녀는 대꾸할 면목이 없었다.

이석권은 침묵하는 정채린을 향해 말을 이었다.

"본 파가 역사상 이 정도로 쇠퇴한 적은 오백 년 전 흑백대전 때 말고는 없었다. 그때는 전쟁이기라도 했지. 이번에는 단한 명의 고수에게 그렇게 된 것이야. 이 책임이 누구에게 있는지는 말하지 않아도 잘 알겠지."

정채린은 두 주먹을 꽉 쥐었다. 자신의 실수는 인정하지만, 그 사태를 만든 장본인이 자신을 추궁하는 것이 기가 막혔다.

그녀는 이석권을 올려다보며 씹어 내뱉듯 말했다.

"그러는 장로님은 대체 무엇을 뭐 하셨습니까! 수상하기 짝이 없는 때에 개화련에 들어 딱 제가 심문하려 할 때에······."

"갈(喝)! 네 이년! 그 입 닥치지 못하겠느냐!"

그 날카로운 목소리에 정채린은 입을 다물 수밖에 없었다. 그도 그럴 것이, 그 목소리의 주인이 수향차였기 때문이다.

표독한 표정을 한 수향차를 보며 정채린이 놀라 물었다.

"스, 스승님?"

수향차는 분노를 토해 내듯 말했다.

"네년이 하찮기 그지없는 실의에 젖어 동굴 속에 처박혀 있는 동안, 칠십이 명이나 되는 시신을 모두 맞추어 장례를 치른 분이 누구이신 줄 아느냐? 뇌고 장기고 뭐고 전부다 물처럼 섞여서 누가 누군지도 모르는··· 그··· 흑흑. 그들을 이석권장로님께서 하나하나 모아서 무덤을 만드셨다. 모든 화산파의 제자들이… 모두 절망에 빠져서 아무것도 못 하고 있을 때, 홀로 다 하셨단 말이다! 홀로! 감히… 감히 그런 분에게 네가 무엇을 했냐 책망할 수 있을 성싶으냐!"

다행히 수향차는 살아남은 세 명의 이대제자 중 하나인 듯싶었다.

정채린은 안도했지만 그녀의 표독한 표정을 보고 놀라지 않을 수 없었다.

"스, 스승님……."

"네년에게 일말의 양심이 남아 있다면 그대로 입을 다물고 장로님의 말씀을 끝까지 들어라. 알겠느냐!"

정채린은 입술을 피가 나도록 깨물었다.

그녀를 바라보는 수향차의 두 눈빛. 거기에는 극심한 분노와 혐오만이 자리 잡고 있었다. 언제나 그녀의 편이 되어 주고 따뜻한 눈길로 바라보던 수향차는 더 이상 없었다.

그랬지.

연모하셨지.

이리저리 지나간 남자들은 많았지만, 사십이 넘도록 그 누구의 소유도 되지 않은 수향차의 마음속에는 오로지 단 한 명의 남자만이 평생 동안 자리 잡고 있었다.

열 살의 나이로 처음 화산파에 들어와 만난 스승. 삼십 년이 넘는 세월 동안 그녀는 그 스승을 스승이 아닌 남자로 마음에 두었었다.

그렇기에 그가 죽은 원인을 제공한 자는 아무리 아끼는 제자라 할지라도 오로지 복수의 대상일 뿐인 것이다.

돌아가셨기에 대악지옥에 단 한 번도 찾아오시지 않은 것이로구나.

왜 이제야 깨달았을까?

정채린은 도저히 수향차의 얼굴을 볼 수 없어 두 눈을 떨구었다. 그녀의 두 눈에 눈물이 맺히기 시작했다.

그런 그녀를 내려다보던 이석권이 말했다.

"네가 오해할까 하여 말하는데 오늘 심문은 네가 대매화검진을 잘못 이끈 것에 대해서 책임을 묻는 자리가 아니다. 모두들 그 책임을 네가 지고 파문되어야 마땅하다 생각하지만 나는 그렇게 생각하지 않는다. 이계인과의 싸움은 화산에서 그나마 네가 가장 잘 아니 다른 누가 이끌었다고 해도, 더 나은 결과를 얻을 순 없었을 것이고 또 네게만 책임을 물어 파문을 내리는 것은 너무 가혹한 처사겠지. 죽은 이들이 많다고 감정적으로 사태를 판단하여 한 명에게만 죗값을 몰아 묻는다면 그것은 절대 화산의 방식이 아니다."

"……."

"다만 내가 심문하고자 하는 것은 그 이전에, 이러한 사태가 애초에 일어나게 된 것에 대한 책임이다. 대매화검진으로 화산을 지키지 못했다면 이는 너 혼자만의 책임이라 할 수 없지만, 이 일의 원인을 제공했다면 이는 네 책임이라 할 수 있다."

정채린은 수향차를 다시금 올려다보았다. 그녀는 눈을 땅으로 향한 채 억지로 눈물을 삼키고 있었다.

순간 누군가 가슴에 칼을 찔러 넣은 듯한 고통을 느꼈다.

그녀가 나지막한 목소리로 말했다.

"모든 질문에 성심성의껏 대답하겠습니다."

이석권은 진중한 목소리로 말을 시작했다.

"이계의 마법으로 일어난 일이니, 이 일의 정황을 확실히 알 수 없다. 다만 한 가지 확실한 것은 바로 매화검수의 부단주였던 한근농의 배신으로 시작된 일이라는 것이다. 그것에 대해서 할 말이 있는가?"

정채린이 천천히 입을 열었다.

"이 자리에 있는 분들은 다 아시겠지만, 한 사제에겐 화산을 배신할 이유가 전혀 없습니다. 그는 화산에서 자라 화산을 사랑하고 화산을 지키려 했던 화산의 제자로 그가 어떠한 세력에 회유되었다고 믿기에는 그가 지금까지 보여 준 모습을 우리 모두 너무 잘 압니다."

"처음부터 모두를 속인 것은 아니겠느냐? 운정 도사를 이계의 첩자로 매도한 것이 한근농이었다고 보는데, 그 또한 자신이 첩자인 것을 들킬까 염려하여 그런 것 아니겠나?"

"그건 아닙니다. 그는 마지막에 진심으로 자신의 행동을 후회하여 운정 도사에게 잘못을 빌었습니다. 제가 운정 도사와 작별 인사를 하기 위해서 화산에서 나갔을 때에 정문쯤에서 마주쳤습니다만, 그때까지도 그는 운정 도사에게 죄책감을 품고 있었으니, 그런 건 아닐 겁니다. 가족인 화산 전부를 속일 정도의 악인이라면 그 정도의 죄책감은 느끼지도 않았을 겁니다."

"그럼 단주는 어째서 그가 화산을 배신했다고 생각하는가?"

"운정 도사께서 말씀하시길, 이계의 마법사는 사람의 몸으로 옮겨 다닐 수 있다고 합니다. 마치 귀신이 사람에게 빙의하듯 말입니다. 그랬기에 운정 도사와 함께 있던 요괴가 변 사형까지도 죽이게 되었다고 했습니다. 변후 사형에게 그 마법사가 숨어들었기 때문에 말입니다. 장로님께서는 운정 도사의 말을 믿으셨던 걸로 기억하는데 아닙니까?"

"그 당시에는 그랬지. 하지만 지금은 상황이 달라졌다. 더 이상 그것을 믿지 못하겠다."

"왜 그렇습니까? 천마신교의 인물로 알았던 운정 도사가 이번 일에 관여했을까 두렵습니까? 천마신교를 섬긴 판단이 잘못된 것일까 봐?"

"······."

그 말이 떨어지기 무섭게 수많은 제자들이 정채린을 돌아봤다. 이석권은 말을 하지 않고 낮게 가라앉은 눈빛으로 그녀를 보았다.

정채린이 다시 말을 이었다.

"장로님은 언제나 천마신교에 친화적인 주장을 하셨습니다. 장로회에서도 항상 일관되게 천마신교와 함께 미래를 꾸려야만 화산파에도 미래가 있다고 말입니다. 때로는 제 숙부보다 더한 주장을 하실 때도 있었습니다."

"네 말을 부정하지 않겠다. 나는 그런 생각을 품었었고, 그렇게 행동했었지. 그래서 운정 도사를 변호했고, 그래서 운정 도사의 말을 믿었다. 하지만 지금의 화산을 보아라. 화산이 뿌리째 뽑힐 지경이지. 모든 것을 새로 봐야 할 때이다. 정녕 이번 일에 운정 도사가 아무런 연관이 없었다고 보느냐? 그가 오고 간 뒤 며칠 지나지 않아 이런 엄청난 일이 벌어졌어. 장문인이 막아 내지 않았다면, 화산의 정기까지도 사라졌을 것이다."

정채린은 자기도 모르게 수향차를 보았다. 수향차는 눈을 지그시 감고 있었다. 정채린은 마음이 미어지는 기분을 떨쳐 내고 강하게 주장했다.

"그렇다면 더더욱 장로님의 말이 맞지 않습니다. 한근농과 운정 도사는 명백히 서로 반목했습니다. 그들이 함께 이번 일을 꾸몄다는 것은 말이 되지 않습니다."

"반대로 말한다면 둘 중 하나가 이번 일을 꾸몄다는 것이로군, 안 그런가?"

"그렇게 단정 지을 수는 없습니다."

"좋다. 이 자리는 시시비비를 가리는 자리이니 모든 가능성을 열어 두고 물어보마. 방금 전 너는 화산을 떠난 운정 도사와 작별 인사를 하기 위해 하산했다. 그리고 다음 날 새벽이 되도록 널 본 사람이 없지. 단순히 작별 인사를 하기 위해서 다음 날 새벽까지 입산하지 않은 이유는 무엇이냐?"

계속 눈을 감고 있던 수향차가 이번에는 눈을 뜨고 정채린을 보았다. 정채린은 그런 그녀의 시선을 애써 무시하며 직설적으로 대답했다.

"그와 정을 통하는 일은 없었습니다."

"그럼?"

정채린은 동굴에서 흑요 그리고 이계의 손님들 그리고 운정과 대화했던 내용들을 말할 수 없었다. 그로 인해서 지금 보탑에 앉아 있는 이석권에 대한 의심을 처음으로 하기도 했고, 그 사실로 인해 그녀까지도 매도당할 수 있기 때문이다.

그녀는 적당히 말을 돌렸다.

"무학에 대해서 논했습니다. 그러다 보니, 시간이 늦어졌을 뿐입니다."

"흥."

그 말을 듣자, 수향차가 비릿한 코웃음을 쳤다. 그리고 동시에 소청아가 날카로운 어조로 말했다.

"무슨 소리예요. 만날 둘이 서로 꽁냥꽁……."

이석권은 그녀의 말을 자르며 조금 큰 어조로 말했다.

"둘의 사생활을 내가 알 필요는 없다. 다만 중요한 것은 네가 운정 도사를 신뢰했고 또 운정 도사를 옹호했다는 것이다. 틀렸느냐?"

"맞습니다."

"그렇다면 만약 운정 도사가 이번 참담한 사건을 도왔다면, 그를 끝까지 옹호한 네 책임이 크다."

"그를 옹호한 것은 저뿐만이 아닙니다. 장로님께서도 그를 재판에서 옹호하셨습니다. 그가 이번 일을 주도한 죄인이기에 그를 옹호한 제게 죄가 있다면, 그 죄는 장로님께도 있습니다."

이석권은 말없이 정채린을 보았고, 정채린도 이석권을 마주 보았다.

이내 곧 이석권이 말했다.

"좋다. 네 말대로 운정 도사에게 죄가 없다고 하자. 그래서 그가 한 말이 진실이라고 하자. 이계마법사가 사람의 몸에 들어가 조종할 수 있다고 말이야. 그렇다 해도 네 책임이 전혀 없다 할 수 없다. 저기 있는 저 금색의 물건이 보이는가?"

정채린은 이석권의 손을 따라 시선을 옮겼고, 화경전 한구석에 놓인 거대한 금색의 조형물이 있었다. 이리저리 깨져서 그 형태를 알아볼 수 없었는데, 정채린은 그것이 원래 어떤 모양인지 유추할 수 있었다.

"그때 그 회오리를 만들던 이계의 물건 아닙니까?"

"그렇다. 배신자는 그것을 이용해서 그 괴이한 회오리를 만들었고, 화산의 정기를 훔치려 했다. 장문인이 그 회오리를 없애자, 화산의 정기가 다시금 회복되었고, 저것은 부서졌지."

정채린은 반쯤 비웃으며 이석권에게 말했다.

"직접 보시지도 않으셨으면서 상황을 잘 아시는군요."

화산의 제자들의 얼굴이 경직되었다. 몇몇은 살기까지 품으며 정채린을 노려보았다. 하지만 정작 비아냥거림을 당한 이석권은 전혀 개의치 않으며 말했다.

"상황을 더욱 악화시키기만 할 언행은 관두어라. 그런 빈약한 도발은 내게 아무런 의미가 없고 오히려 네게 나쁘게 작용할 뿐이다."

"……."

"본론으로 돌아가서 그 회오리의 중심에 그 황금빛 원기둥이 있었다는 것. 그리고 장문인의 검강으로 회오리가 소멸되자, 황금빛 원기둥이 빛을 잃어버리고 저렇게 조각났다는 점을 보면, 화산의 정기를 훔치는 이계의 마법을 위해서는 저 황금빛 원기둥을 화산에 가져왔어야만 했을 것이다. 그리고 그러한 결정을 내린 것은 다름 아닌 너와 한근농이라 매화검수들이 진술했다. 그 과정을 설명해라."

정채린은 생각지도 못한 그 지적에 잠시 뜸을 들이더니, 곧 있었던 사실 그대로 이야기했다. 그녀는 말을 하며 자연스레 호순에게 시선을 던졌다.

"처음에는 호순 사제가 그 황금빛 원기둥을 무당산에서 발견하여 가져왔습니다. 크기에 비해서 매우 가벼워 심상치 않은 물건이라 생각하고는 화산으로 가져온 것입니다."

이석권은 그 말을 예상했다는 듯 즉시 반박했다.

"호순에게 책임을 전가하려 하는 것 같은데, 듣자하니 원래는 매화검수들은 무림맹으로 가려 했다고 들었다. 즉 호순이 그것을 가져올 때까지만 해도 무림맹으로 갔을 물건이다. 그런데 네가 행선지를 화산으로 바꿨다고 들었다. 그 점에 대해서는 할 말이 없는가?"

정채린은 말을 더듬었다.

"그, 그건… 확실히 한 사제의 말을 듣고 결정했습니다."

"그럼 그때 이미 한 사제가 그 이계마법사에게 빙의되어, 그 이계마법사가 그것을 의도적으로 화산에 가져오려고 무림맹이 아닌 화산으로 행선지를 바꿨다고 볼 수도 있겠군, 그렇지 않나?"

"그건 당시 제가 알 수 있는 부분이 아니었습니다."

"운정 도사의 말을 믿었더라면, 누구에게라도 그 이계마법사가 빙의했을 수 있다고 의심할 수도 있었겠지. 그것을 보지 못한 건 검봉의 책임이고."

당황한 정채린은 목소리를 높여 물었다.

"그러는 장로님께서는 왜 하필 운정 도사가 떠날 때 개화련에 드셨습니까? 그리고 또 개화련에 들기 전에 한 사제를 보자고 한 이유는 무엇입니까? 또 개화련이 끝나자마자 그 일이 일어난 것입니까? 그것은 우연입니까?"

"……."

"한 사제는 변후의 장례를 치르고 누구와도 만나지 않았습니다. 그가 슬픔에 젖어 있다 생각한 다른 제자들은 그를 홀로 두었고, 그렇기에 한 사제가 그런 일을 엄청난 일을 벌이는 동안 아무도 눈치채지 못한 것입니다. 그렇다면 한 사제를 가장 마지막으로 만나 대화한 사람은 바로 장로님이 되십니다. 장로님은 그와 무슨 이야기를 하셨습니까? 이계마법사가 빙의된 그와 말입니다."

정채린의 말에 이석권의 얼굴이 딱딱하게 변했다. 그 표정을 본 정채린은 속으로 안도의 한숨을 삼켰다.

하지만 그것은 짧디짧은 안도였다.

"장례를 위해 준비할 것을 논했다. 네가 남정네와 무학을 논하다가, 헐레벌떡 얼굴만 비춘 장례식 말이다."

"그, 그런."

이석권은 당황한 정채린을 역으로 압박했다.

"매화검수인 변후가 죽었다. 그의 장례식이었어. 매화검수 모두가 그것을 준비했다. 그동안 네가 모습을 보이지 않자 다들 당연히 네가 실의에 젖어 나오지 못했다고 생각했지만, 실상은 남정네와 무학을 논하느라 얼굴만 보인 것이로구나."

"……."

정채린은 입을 몇 번이고 벌렸지만, 그 어떠한 말도 밖으로 나오지 못했다.

이석권이 말을 이었다.

"정이 없다는 게, 네 흠 아닌 흠이었지. 그것이 널 뛰어난 단주로 만들었을지는 모르겠지만, 제자로서는 실격이다. 너는 언제나 스스로의 정진만을 바라보고 살았고, 옆에 있는 형제자매들은 그저 너를 빛나게 해 주는 비교 대상에 불과했지. 아니더냐?"

"……."

"오늘 파문까지 가지 않으려 했으나, 시종일관 잘못을 인정하지 않고 남 탓을 하는 네 자세를 보면 자신의 죄를 뉘우칠

의지가 없다는 것이 만천하에 밝혀졌다. 이는 대악지옥에 가
둔다 하여 참회할 리 만무하다는 뜻. 앞으로 더욱 마에 빠져
들 것이 자명하며 화산의 무공으로 그 악을 세상에 뿌리게 둘
수는 없다. 그러니, 검봉 정채린의 파문 여부를 결정하겠다."

정채린의 얼굴에서 핏기가 사라졌다.

"파, 파문이라니… 당치 않습니다."

이석권은 대전이 떠나가도록 큰 소리로 외쳤다.

"갈! 네가 진작 잘못을 인정하고 뉘우쳤다면 개화련 정도로
끝났을 책임이다. 너 정도의 지혜를 가진 아이라면 분명 그리
했을 텐데, 이렇게 자기 책임을 회피한다는 것 자체가 네 심성
에 마가 뿌리 깊게 깃들었다는 뜻이다."

"……."

정채린이 아무런 말도 하지 못하자, 이석권이 모든 제자들
을 향하여 말했다.

"파문에는 첫째로 대상자가 변론할 수 있는 모든 것을 대상
자의 동급제자 모두가 들어야 하며 둘째로 동급제자의 만장일
치가 있어야 하며 마지막으론 반마경의 심사를 통과하지 못하
여야 한다. 이에 묻겠다, 정채린. 더 보탤 변명이 있느냐?"

"……."

정채린의 총명한 두 눈빛은 이미 그 빛을 완전히 잃었다.

그녀가 입을 다물자 이석권이 다시 말했다.

"이대제자 중 검봉 정채린의 파문을 반대하는 자가 있다면 손을 들어라."

침묵.

대전은 조용했다.

매화검수를 포함해 그 누구도 손을 들지 않자, 이석권이 다시 말했다.

"마지막으로 반마경을 통해 내재된 마를 확인한다. 정채린, 속에 마가 없다면 파문은 이뤄질 수 없으니, 네가 네 스스로의 양심에 깨끗하다면 될 일이다. 반마경을 가져오너라!"

그때 정채린은 입술을 깨물더니 자리에서 벌떡 일어났다. 그리고 울분을 가득 담은 목소리로 모든 제자들을 향해서 말했다.

"반마경… 반마경으로 장로님 또한 판단해야 합니다! 장로님은 천마신교의 끄나풀입니다. 그가 화산을 이끌게 둬서는 안 됩니다! 화산의 내공을 익혔다면, 양심을 죽일 수 없습니다. 반마경으로 그를 보면……."

그녀의 외침에 더는 참지 못한 수향차가 그녀 앞으로 걸어 나와, 그녀의 뺨을 쳤다.

짝─!

수향차는 살기 짙은 목소리로 말했다.

"본 파에서 살생을 금하는 것을 감사하게 생각하거라. 그게 아니었다면, 파문이 아니라 척살이 되었을 게야."

다시금 대전이 조용해지자, 이석권이 정채린을 향해서 말했다.

"좋다. 네 스스로도 네 잘못을 똑똑히 알게 하기 위해서 네 말대로 행하마. 이로 인해서 네 추하기 그지없는 민낯을 네 스스로도 보게 될 것이다."

그의 당당한 어조에 정채린의 두 눈이 다시금 절망으로 물들었다.

第十九章

임모라는 머리를 박박 긁었다. 이미 수차례나 긁어서 생채기
들이 나오고 있었지만 그는 피를 봐야 직성이 풀리는지, 손톱
을 세우기를 멈추지 않았다.

그의 앞에 선 두 남녀 엘프. 앙시르와 포로렌은 가슴이 꽉
막힌 것처럼 답답하다는 표정을 짓고는 임모라를 보고 있었
다.

그들의 생각도 그들의 표정만큼이나마 닮았다면 얼마나 좋
을까?

"그래서 결론은? 힘인가?"

"불이지?"

똑같은 이야기가 언제까지 돌지 모르겠다.

임모라는 결심했다. 마지막으로 들어주기로.

"앙시르부터 다시 설명해 봐. 진짜 마지막이야."

앙시르는 팔 근육을 과시하듯 팔짱을 끼었다. 임모라는 자기도 모르게 빈약한 자신의 팔을 스리슬쩍 가렸다.

"다른 건 생각하지 말고 그냥 지형을 봐봐. 이렇게 평평한 데서 뭐하려고 불을 쓰겠다는 거야? 불은 원래 지형이 복잡하고 가파른 곳에서나 쓰기 위해서 처음 도입된 거야. 그런 게 하나 없는 지형에서 왜 불을 쓰겠다고 고집을 피우는지 모르겠다는 거지, 나는."

"그래, 알겠어. 그럼 포로렌은?"

포로렌은 표독스러운 눈길로 앙시르를 바라보며 말했다.

"지형만 놓고 보면 그런 생각을 하는 것도 무리는 아니죠. 하지만 이곳의 생태계를 잘 봐야 해요. 서쪽의 희귀종들이 서서히 이쪽으로 번식을 준비하고 있어요. 그에 맞춰서 이곳의 환경을 조성하지 않는다면 언제든 멸종될 거예요. 그들을 위해선 불이 좋습니다. 평소와 같은 상황이라면 저도 두말하지 않고 물러나요. 하지만 이번엔 상황이 다릅니다."

앙시르는 고개를 마구 저으며 말했다.

"생태계고 뭐고 간에 나는 알지 못하는 지식이야. 내가 아는 건 단순한 지형에선 힘, 복잡한 지형에선 불이라는 거야. 애초에 왜 이런 대화를 하고 있는지 알 수조차 없어. 어머니는 무슨 생각이신지……."

임모라는 다른 건 몰라도 앙시르의 마지막 말에는 격한 공감을 했다.

도대체 무슨 생각으로 내게 결정권을 줬단 말인가?

임모라는 자리에서 벌떡 일어났다. 두 남녀 엘프가 그를 쳐다보자, 그들 사이를 지나쳐 가며 말했다.

"바람 좀 맞이하고 오겠습니다."

앙시르는 못마땅한 듯 말했다.

"결정은? 결정은 네 일이야. 다른 곳에 가려면 네 일은 다 하고 가."

"가지 않아요. 문 앞에만 잠깐 서 있을 겁니다. 와서 바로 하겠습니다."

임모라는 지친 목소리로 마지막 말을 남기며 서둘러 나무줄기 밖으로 나갔다.

쉬이익.

임모라는 세찬 바람을 맞으며 아래를 보았다. 그가 서 있는 나무줄기는 굵고 곧았다. 임모라가 그 줄기를 따라 시선을 옮겼는데, 쭉쭉 길게 뻗어서 울창한 나무숲 사이로 사라졌다.

그는 양 줄기 사이로 있는 낭떠러지를 보았다. 오금이 저릴 정도의 깊이에 낙엽이 가득한 땅이 있었다. 떨어져도 푹신하지 않을까?

"결정은 다 한 거야?"

임모라는 고개를 들어 목소리가 들린 위를 바라보았다.

얇은 잔가지 위에, 일족의 하이엘프 중 가장 아름답기로 소문난 여엘프가 앉아 있었다. 번식력을 갖췄으면서도 다른 모든 방면에서도 뛰어난 그녀는 어머니도 가장 편애하는 하이엘프였다. 얼굴만 보면 포로렌과 같은 얼굴이지만, 두 눈에 담긴 빛은 그 모든 것을 꿰뚫어 보는 듯한 착각을 불러일으켰다.

임모라가 힘없이 말했다.

"여전히 한가하시군요."

하이엘프는 웃으며 몸을 뒤로 젖혔다. 임모라는 하이엘프의 갑작스러운 자살 시도에 순간 마음이 철렁했지만, 무릎으로 가지를 잡고 거꾸로 선 그녀의 모습을 보곤 안도의 한숨을 내쉬었다.

그녀가 몸을 흔들자, 길고 아름다운 황금색의 머릿결이 폭포수처럼 내렸다. 그녀의 흔들림에 맞춰 이리저리 춤을 추는데, 우연치 않게도 그 끝 쪽에 자리 잡은 임모라의 얼굴을 한 번씩 때렸다.

철썩.

철썩.

철썩.

"잡아다가 뽑아 버립니다."

임모라의 단조로운 목소리에 하이엘프는 놀란 표정을 지었다. 하지만 물론 머리카락으로 얼굴을 치는 행위를 멈추지는 않았다.

"어머? 어머니가 가만 안 있을 텐데?"

"이미 가만 안 있으셔서 이런 귀찮은 일을 내게 맡긴 거 아닙니까?"

"에이, 그만큼 총애라고 생각해, 나는."

"어느 어머니가 남자를 총애한답니까?"

"우리 어머니는 조금 유별나잖아? 솔직히 못 느끼니?"

"당신을 총애하는 것만 봐도 느끼지요."

하이엘프는 시익 웃더니 곧 몸을 반 바퀴 회전하며 공중에서 내려와 임모라가 있던 나뭇가지에 안착했다. 임모라는 그녀의 발이 나뭇가지에 닿는 걸 눈을 똑똑히 보고 있는데도 귀에 아무런 소리가 들리지 않는다는 사실에 그녀에게 물었다.

"설마, 은닉의 마법을 쓰고 계십니까?"

하이엘프는 한쪽 눈을 찡긋하며 말했다.

"응! 너만 빼고."

"그런데 머리카락이 제 피부를 때렸을 땐 소리가 들렸는데요?"

"정확하겐 너를 제외한 모든 상호 작용의 빛과 소리를 차단하는 거야."

임모라는 알겠다는 듯 고개를 느리게 끄덕였다.

"아하, 알그레오 방식에 인접한 그레오식 순환법이군요. 매우 창의적인데요?"

하이엘프는 진한 웃음을 얼굴에 그렸다.

"진짜 이건 한 번에 알아내지 못할 거라 장담했는데, 역시 나네. 도대체 왜 넌 마법을 못 하는 거야?"

"어머니도 모르는 걸 제가 어떻게 압니까? 그나저나 그건 언제 또 연구하신 겁니까?"

"방금 영감이 떠올랐지. 성공해서 너한테 자랑하려고 온 거야. 그런데 너무 싱겁게 알아맞혔네."

임모라는 한숨을 푹 쉬더니 뒤를 보았다. 그의 예상대로 앙시르와 포로렌이 대단히 걱정스럽다는 눈길로 임모라를 보고 있었다. 하이엘프의 은닉의 마법으로 인해, 암모라가 혼잣말로 중얼거리는 것으로밖에 보이지 않았기 때문이다.

임모라는 애써 웃으며 조금 큰 목소리로 그들에게 말했다.

"실프(Sylph)와 대화해 보려고 하는 겁니다, 실프랑, 하하하. 진짜 조금만 기다려요, 결정할 테니까."

앙시르와 포로렌은 서로 눈을 마주쳤지만, 아무런 말도 하지 않았다.

정신병이 걸렸다고 어머니에게 말할 생각인가?

임모라는 입술을 부르르 떨더니, 그가 서 있던 나뭇가지에 걸터앉았다.

그의 옆에 따라 앉은 하이엘프가 말했다.

"그러다가 떨어지면 죽는다? 넌 간단한 비행마법도 못하잖아?"

"혹시 모르죠. 어디서 마법 천재 하이엘프가 나타나 구해 줄지도."

"글쎄, 하이엘프이면서 마법까지 천재라면 대단히 희귀한 종인데, 그런 자가 남자를 위해서 자기 목숨을 위험에 두는 행동을 할까?"

"……."

"아, 마법에 너무 천재라서 낭떠러지로 떨어지는 엘프 하나쯤 구하는 건 아무런 위험 요소도 되지 않는다면 그럴 수도 있겠네."

"에휴… 말이라도 못하면 몰라."

"몰랐어? 마법을 잘하려면 주문을 외울 때 정확하게 발음하며 빠르게 말하는 게 중요하다고. 기본적으로 말을 잘해야 마법도 잘하는 거야. 그러고 보니 네가 말을 못해서 마법을 못하나 보다."

하이엘프는 즐거운 표정으로 임모라를 보았고, 임모라는 애써 그 시선을 피했다.

그는 순간 이 반갑지 않은 만남 때문에 전혀 자신이 해야 할 일을 하지 못하고 있다는 걸 깨달았다. 그렇다면 그 원인이 되는 사람이 책임을 져야 하지 않을까?

그는 나지막하게 말했다.

"고민이 있습니다."

하이엘프는 함박웃음을 지으며 말했다.

"뭔데? 뭔데?"

임모라는 손으로 동쪽을 가리키며 말했다.

"저쪽의 간벌 지역 말입니다. 혹시 아십니까?"

"어머니는 우리 일족 안에서 일어나는 모든 일을 내게 알려주셔. 내가 모를 리 없지."

"그 어머니께서 제게 그걸 힘으로 할지 아니면 불로 할지에 대한 결정권을 주셨습니다."

"응? 정말? 너한테?"

"네. 제가 간벌에 대해서 뭘 안다고……."

"하핫, 하하핫! 역시 어머니는 특이하셔. 어머니가 정말 널 좋아하긴 하나 보네."

"어떻게 생각하십니까?"

하이엘프는 조금도 고민하지 않고 말했다.

"나한테 물어보면 안 되지. 어머니는 네가 결정하길 바라서. 그러면 네가 해야 하는 거야."

"조언을 구하는 겁니다. 누가 꼭 당신 말대로 한답니까?"

하이엘프는 눈을 하늘로 향한 채로 고민에 빠졌다. 그러더니 곧 조용히 말했다.

"뭐, 그런 거라면, 글쎄. 인간들은 말이야……."

임모라는 눈을 반쯤 감더니 게슴츠레 떴다.

"또 그 얘기."

하이엘프는 아랑곳하지 않고 말을 이었다.

"하여간, 인간 세상에선 잘 모를 때는 인과나 상호 관계를 공부하기보단 일단 시험하는 일이 많아."

"연구 말입니까?"

"연구라기보다는 일단 저지르고 결과를 보자 뭐 그런 거야. 누구 말이 맞는지."

"……."

"그렇게 해 보는 건 어때? 잘 모르겠으면."

임모라는 가당치도 않은 말이라고 하려 했다. 하이엘프의 깊은 두 눈과 마주치기 전까지는.

그는 누구보다도 잘 알았다. 좋은 어머니가 되리라는 사명 아래, 수없이 세상에 나가 수많은 경험을 한 이 하이엘프의 지혜는 단순히 무시할 수 있는 것이 아니라는 것을.

그가 말했다.

"반반씩 해 볼까요?"

"듣자하니, 희귀종들이 번식 방향을 그쪽으로 잡았다며. 서쪽과 인접한 절반은 불로 하고 나머지는 힘으로 하면 되겠네."

"그러다가 서쪽으로 불이 옮겨붙으면요?"

"포로렌을 무시하지 마. 불에 관해선 일족 제일이야."

"흐음."

"어때? 반반씩 할 거야?"

임모라는 결정했다는 듯 고개를 끄덕였다.

"뭐, 결과를 보고 공부해서 다음 간벌 때 더 좋은 결정을 내릴 수 있겠군요."

"인간들은 거기서 한발 더 나가서 결과로 상벌을 내리지만, 그거까지 따라 할 필요는 없겠지?"

"예."

임모라는 자리에서 일어났다. 그리고 방금 나왔던 나무줄기 안으로 들어갔다. 그를 바라보는 앙시르와 포로렌은 똑같은 표정으로 임모라를 보았다.

걱정 반, 기대 반.

역시 반반이군.

임모라가 말했다.

"반반씩 하죠."

"뭐?"

"예?"

"반반씩. 반은 힘으로, 반은 불로 하자고요. 실프가 그게 좋겠답니다."

앙시르와 포로렌은 똑같은 표정으로 놀랐다.

그리고 갑자기 하늘에서 낮은 목소리가 울렸다.

"실프? 실프를 어떻게 알지?"

*   *   *

운정은 눈을 떴다.

"하아. 하아. 하아."

막 동굴 안으로 들어오는 아침 햇살은 따갑게 그의 두 눈을 때렸다. 운정은 엉거주춤 선 채로 주변을 경계했다.

"뭐, 뭐가 어떻게 된 거지?"

방금 전까지만 해도 새근새근 잠을 자며 등 뒤에 잘 업혀 있었던 운정의 몸부림 때문에 카이랄은 우스꽝스럽게 앞으로 밀려나며 균형을 잡아야 했다. 그는 눈살을 찌푸리며 뒤돌아보곤 말했다.

"현자가 말하길 네가 갑자기 이상행동을 보였다고 들었다. 그래서 널 기절시킬 수밖에 없었다고 말이다. 요트스프림에서 나온 지금까지 넌 기절해 있었다. 햇빛을 보고 정신이 들었군."

운정은 서서히 머리를 짓누르는 두통에 머리를 부여잡으면서 다시 그 자리에 주저앉았다.

"으윽. 뭐가 어떻게 돌아간 거야? 꾸, 꿈을 꾸었는데?"

그런 그를 보며 카이랄이 물었다.

"무슨 악몽을 꾸었기에 그러지? 이상하군. 지금까지 등 뒤에서 잘 자고 있었다."

"그, 그게… 내가 애루후가 되는 꿈이었어."

"엘프? 그래서 실프라고 그런 건가? 그 이름은 현자가 말해 준 건가?"

"뭐? 뭐라고?"

"실프."

"실후?"

카이랄은 눈썹을 모았다.

"이상하군. 아깐 발음까지 완벽했는데."

"잠꼬대 말하는 거지?"

"그래. 심지어 파인랜드 공용어 강세도 섞이지 않은 엘프의 원어 그대로였어."

그때 마침 누군가 동굴 안으로 헐레벌떡 들어왔다.

"해가 떴잖습니까! 왜 이제 오십니까! 이러다 들키겠습니다.

어서 돌아가야 합니다. 일단 동굴에서 나갑시다."

두려움과 긴장함이 이리저리 뒤섞인 표정의 로스부룩은 마구 손짓하며 앞장서 걸어 나갔고, 운정과 카이랄은 서둘러 그를 따라갔다. 그들의 머릿속에서 잠꼬대의 대화는 저 멀리 날아갔다.

혈적현은 눈을 팟 하고 떴다.

그의 위에선 그의 사랑하는 연인이 그를 내려다보고 있었다.

"몇 시지?"

"한 식경 뒤에 교무회의(教務回議)가 열려요, 적 랑. 최대한으로 많이 자게 둔 거예요."

혈적현은 기계처럼 상체를 벌떡 일으켰다. 그러곤 곧 올라오는 현기증에 왼손으로 관자놀이를 짚었다.

"머리 아프세요?"

"깨질 것 같군."

서린지는 걱정스러운 표정을 짓더니 곧 손으로 혈적현의 뒷목에 대었다. 그리고 부드럽게 진기를 불어넣으며 팽팽하게 긴장한 목 근육을 풀어 주었다.

"많이 뭉쳤네요. 자는 동안 적 랑도 모르게 계속 힘을 주고 계셨나 봐요."

서린지의 진기에 의해서 두통이 살살 녹아내리자, 혈적현의 이마에 깊게 지어진 내 천 자가 서서히 종적을 감추었다. 그는 곧 팔을 내리며 깊게 심호흡했다.

"고마워."

"머리가 무겁게 느껴지시는 건 어쩔 수 없을 거예요. 그러니까, 잠을 잘 땐 좀 끝까지 자요. 아무리 중요한 일이라고 그렇게 중간에 나가면 머리가 아프지 안 아프겠어요?"

"걱정 끼쳐 드렸군."

혈적현은 침상에서 일어났다. 서린지는 재빨리 상 위에 두었던 옷들을 들어 혈적현에게 주었고, 혈적현은 반쯤 감은 졸린 눈으로 천천히 옷을 입기 시작했다. 그 와중에 서린지는 옥침을 들더니 그의 뒤에 있는 침상 위로 올라가서 그의 헝클어진 머리카락들을 모아 대강 정리했다.

대략 한 각도 채 지나지 않아, 그는 어느 정도 행색을 갖추었다. 크게 하품한 그가 방문을 열고 나가자, 두 호법과 두 시녀가 그를 기다리고 있었다. 한 시녀는 물이 담긴 세숫대야를, 한 시녀는 수건을 들고 있었다.

혈적현은 복도를 천천히 걷기 시작하자, 두 호법과 두 시녀가 분주하게 움직였다. 두 호법은 그의 비어 있는 오른쪽 눈과 팔을 대신할 자보(子寶)와 의수를 착용시켜 주었고, 시녀는 물과 수건으로 그의 얼굴을 정성스레 닦기 시작했다. 서린지는 그들의 뒤를 따라가면서 기름을 잘 먹는 천을 이용해 혈적현의 뭉치고 기름진 머리카락을 한 결, 한 결 닦았다.

온갖 시중을 다 받으며 걷기를 한 각. 그는 천마신교 낙양 본부의 대전에 도착했다.

절대지존좌(絶對至尊座).

천마신교의 교주가 앉는 보좌.

혈적현은 그것을 향해 거침없이 걸어갔다. 비어 있는 절대 지존좌 양쪽으로 시립해 있는 장로들은 혈적현이 지나갈 때마다 포권을 취하고 고개를 숙였다.

현 천마신교의 구조는 행정 집단인 부(部), 비행정 집단인 원(院), 문관의 집단인 전(殿)으로 나눠진다. 그 셋 중 크기가 가장 큰 부는 총 다섯으로, 인사부, 외총부, 교육부, 감찰부 그리고 정보부가 있다.

각각 부의 총책임을 맡은 수장은 천마신교의 대장로(大長老)로 불리며 장로회에서 교주 다음으로 가장 강력한 권력을 가지고 있다. 그중에서도 인사부 장로는 수석장로(首席長老)로 불리며, 모든 장로들의 의견을 교주에게 대변하는 역할을 한다.

다섯 대장로에게 요구되는 무력은 최소 초마(超魔)로, 이는 언제라도 교주 자리를 노릴 수 있는 무력이기 때문에, 절대 권력을 가진 교주를 그나마 견제할 수 있었다.

그 외 각각의 원과 전의 총책임을 맡은 자들은 일반 장로들이며, 그들에겐 따로 요구되는 무력은 없었다. 그들 중에는 초

마도 있었고, 극마(極魔)도 있었으며, 심지어 무공을 익히지 않은 문관도 있었는데, 이는 과거 천마신교에선 상상도 할 수 없는 광경이었다.

수석장로를 포함한 대장로, 그리고 일반 장로들까지 모두 모인 장로회는 혈적현이 절대지존좌에 앉음으로 시작되었다. 서린지와 두 호법이 혈적현에 옆에 섰고, 혈적현은 장로들을 바라보며 말을 꺼냈다.

"교무회의를 시작하지. 그 전에, 제갈 전주는?"

수석장로이자 천마오가 중 설무가의 가주인 진사마(眞邪魔) 후잔해가 포권을 한 번 더 취하더니 공손히 말했다.

"아무런 이야기도 없었습니다만."

"흐음, 그런가?"

"무슨 일이라도……."

혈적현은 제갈극이 있어야 할 지고전의 전주 자리를 빤히 쳐다볼 뿐, 아무런 말도 하지 않았다.

후잔해는 스리슬쩍 그의 정면에 서 있던 극악마뇌 사무조를 돌아봤다. 정보부를 책임지는 사무조는 천마신교의 모든 정보에 통달해 있는 자. 때문에 후잔해는 노년의 깊은 주름 속에 감춘 두 눈빛으로 사무조의 작은 얼굴 표정까지 놓치지 않고 훑었다.

하지만 예상대로 아무것도 읽을 수 없었다. 당연하지만, 표정 하나 관리하지 못하는 자가 역동의 시기를 뚫고 지금껏 정보부의 장로의 자리를 지켰을 리 만무하다.

후잔해가 입맛을 다시더니, 다시 말을 이었다.

"교주께서도 잘 아시겠지만, 장로 중에 결석이 또 한 자리 있습니다. 외총부를 책임지는 심검마선 피월려 장로로, 아직 귀환하지 않은 듯합니다."

혈적현은 피월려의 빈 공석으로 눈길을 돌렸다.

"알고 있다. 외부를 관할하는 일이니, 자주 자리를 비울 수밖에."

"그런 의미에서 말씀드립니다. 피 장로의 부재로 인해 외총부의 소견을 오랫동안 듣지 못했습니다. 때문에 그쪽에서 대리인을 참석시키고자 하는데, 아시다시피 장로회에는 장로 의외의 어떠한 교인도 참석할 수 없다는 율법이 있는지라 불가능합니다."

"그럼, 교주 명으로 대리인을 불러라."

"그보다 아예 이참에 지금과 같은 상황을 위해서 율법을 추가하시는 게 어떠한가 합니다."

"어떻게 말이지?"

"장로의 부재 시, 장로를 대신할 자를 장로회에 임시로 참석할 수 있게 하는 것입니다."

혈적현은 슬쩍 고개를 돌려 논리전(論理殿)의 장로 암타를 보았다.

"이미 수석장로와 이야기가 오갔기에, 정리가 되어 있는 듯한데. 맞나?"

"그렇습니다."

"설명해 봐."

지엄하진 교주 명이 떨어지자, 암타는 천천히 법률을 설명하기 시작했다. 반각이 채 지나지 않아서 혈적현은 고개를 끄덕이더니 말했다.

"좋군, 승인하마. 개편된 지 이제 막 일 년이 지난 터라 아직도 개선해야 할 부분이 많이 있으니, 논리전은 더 수고해서 좋은 개선 방향을 지속적으로 제의하도록."

"존명."

암타가 포권을 취하자, 후잔해가 이어서 공손히 말했다.

"그럼 대리인을 들이겠습니다."

그의 말이 떨어지기 무섭게 대전의 문이 활짝 열렸다. 사실 열렸다기보다는 차였다가 좀 더 정확한 말일 것이다.

그리고 그 두 문 사이에 나타난 여인. 전체적으로 늘씬한 인상의 이십 대 여성으로 날카로운 인상과 귀여운 인상을 동시에 품은 듯한 미녀였다. 다만 수수한 화장과 평범한 복장으로 인해, 아름다움이 완전하게 발산되지 못하고 있었다.

그녀는 거만하게도 혈적현의 얼굴을 뚫어져라 쳐다보면서

천천히 걸어 들어갔다. 그런데 둘의 거리가 가까워지면 가까워질수록 혈적현의 표정은 분노는커녕 죄책감으로 물들기 시작했다.

적당한 거리에 멈춰선 그녀는 단단히 성난 표정으로 혈적현을 노려보다가, 곧 포권을 취하면서 말했다.

"장. 기. 부. 재. 중이신, 심검마선 피월려 장로님을 대신하여 그의 전속부관(專屬副官)인 주하 대령했습니다."

혈적현은 도저히 주하를 더 볼 수 없어, 눈길을 돌렸는데 그곳에 딱 서린지가 있었다. 서린지는 입 모양으로 '자업자득'이라고 소리 없이 말했고, 혈적현은 자신의 이마를 짚으며 다시 고개를 돌려야만 했다.

"수석장로 옆에 빈 곳이 바로 피 장로의 자리이오, 그곳에 가서 서 있으시오."

주하는 딱딱한 목소리로 말했다.

"지존이신 교주께서 제게 하오체라니요, 황송해서 들을 수 없습니다. 말씀을 낮추어 주십시오."

"그, 그렇지. 나도 모르게 그만."

"……."

혈적현의 편한 말투에 대전의 공기는 급속도로 냉각됐다. 특히 한 번도 그의 그런 모습을 본 적이 없는 장로들은 고개를 들고 경악한 표정으로 혈적현을 볼 지경이었다.

당황한 혈적현은 헛기침을 하며 말했다.

"크흠. 그럼 우선 회의에 앞서, 밀린 외총부의 보고를 들어 보도록 하지."

주하는 피월려의 자리에 가 당당히 섰다. 장로들은 물론이고 대장로와 교주의 앞임에도 그녀는 전혀 위축되지 않은 모습으로 담담히 보고하기 시작했다.

"현재 외총부에서 보고드릴 것은 크게 세 가지입니다. 첫째로는 청룡궁의 세력권과 마주하고 있는 동북쪽 최전방의 지부에서 너무 과도한 인원 배치로 재정을 유지하기 어렵다며 호소하고 있습니다."

혈적현은 즉시 고개를 양옆으로 흔들었다.

"재정이야 지원하며 그만. 거기서 인원을 뺄 수는 없다."

"또한 임무가 없는 인원들 간에 알력 다툼이 심화되고 있다는 보고입니다. 교주님께서도 아시다시피 고인 물은 썩게 마련. 혈기 왕성한 교인들에게 적당한 일이라도 주지 않는다면 그들은 서로에게 이빨을 들이밀 것입니다."

"그 부분은 장로회에서 더 상의해 보겠다. 하지만 최전방에서 교인을 뺄 순 없다."

"석가장흑백전(石家莊黑白戰) 이후 청룡궁은 자신의 세력권에서 나오지 않고 있습니다. 정보전에서도 청룡궁이 가까운 시일 내에 큰 무력 행위를 하지 않으리라 전망하고 있습니다. 최전방에 과도하게 배치된 인원을 일부 차출해서 일 년 전 새로이 확장한 지역의 안정화를 꾀하는 것은 어떻습니까?"

혈적현은 단호하게 말했다.

"다시 말하지만 불가다. 현재 무림 세력 중 천마신교를 위협할 수 있는 집단은 청룡궁뿐이야. 그들을 견제하는 일에는 인원을 더 투입하면 투입하지, 빼지 않을 것이다. 다음 사안으로 넘어가라, 이는 명이다."

감히 교주의 말에 토를 달 수 없는 법. 주하는 나지막하게 존명을 외친 뒤, 말했다.

"두 번째 사안으로는, 남동쪽에서 혈교와 그 인근 지부와 충돌이 있었습니다."

"그건 전부터 계속해서 있지 않았나?"

"이번엔 정도가 심하여 교인 몇몇이 죽기까지 했습니다."

"뭐?"

"뭐라고?"

장로들 중 몇몇은 분노를 토해 내듯 반응했다. 그들 중 몇몇은 감찰부의 흠진 대장로를 노려보았다. 흠진 대장로는 본래 혈교의 소속이기 때문이다. 하지만 사나운 표정의 혈적현이 차가운 눈길로 장로들을 훑자 모두 눈길을 거두었다.

그는 다시 주하를 보며 말했다.

"그들이 미치지 않고서야 교인을 죽일 리 없다. 이제 일 년이 조금 넘었는데, 벌써부터 우리와 반목하겠다는 것인가?"

"그들의 변명으론 교인인 줄 몰랐다고 합니다. 그게 아주 믿지 못할 말이 아닌 것이, 그들이 죽인 교인들은 모두 마인이 아닌 교인들로, 설마 마공이 없는 자들이 천마신교의 마인일 리가 없다고 판단하여 죽였다고 합니다."

"……."

"엄연히 실수였다고 하며, 재정적인 보상은 하겠다고 하였습니다."

"재정적인 보상을 하겠다는 뜻은 목숨을 목숨으로 갚지는 않겠다는 것으로 해석해도 되는 건가?"

"그렇습니다. 혈교는 그 규모와 천살가의 특징상 구성원 한 명, 한 명을 소중히 생각합니다. 어떠한 상황에서도 그들이 가족을 내주진 않을 것입니다."

"흐음, 그건 큰일이군. 수석장로, 해결책을 말하라."

수석장로 극악마녀 사무조는 중원 제일의 모략가로 알려져 있고, 그것은 사실이었다. 천마신교의 모든 정보를 알고 있는 사무조는 이미 그 문제에 대해서 정보부 내의 회의를 거치고 이곳에 왔다. 그는 그와 정보부 최고 두뇌들이 같이 고민하고, 자체적으로 심사하여, 끝까지 살아남은 해결책들을 말하기 시작했다.

"상책과 중책, 그리고 하책이 있습니다."

"하책부터 하나하나 말하라."

"하책은 이번 일을 빌미로 전면전을 선포. 그들의 성세를 무너뜨리고 다시 본 교로 굴복시키는 것입니다. 그리고 그들을 본 교에 끝까지 충성을 다한 천살가의 마인들로 다스리게끔 하는 것입니다."

"흐음……."

"하지만 우리가 그들에게 전면전을 선포하는 그 순간, 혈교가 청룡궁과 결탁하리라는 것은 어린아이도 알 만큼 자명한 것입니다. 애초에 그들이 소규모로 과거 천살가의 지배 지역을 양도받으며 독립할 수 있었던 근본적인 이유는 바로 본 교가 청룡궁과 전쟁 중에 있기 때문입니다. 따라서 혈교와 전면전을 하는 하책을 쓰려면 중원을 포기하고 십만대산으로 돌아가 그들을 굴복시킨 뒤, 재정비 이후에나 다시 낙양으로 진출해야 합니다. 비용과 시간은 산술전(算術殿)에서도 불가고량(不可□量)이라 답을 받았습니다."

혈적현이 눈길을 돌리니 산술전 전주가 고개를 끄덕였다. 혈적현은 앞으로 몸을 기울이며 장엄하게 말했다.

"백도무림이 무너지고 낙양에 본 교의 본부가 들어서면서 본 교는 하남까지 진출했다. 사실 본부를 좀 더 남쪽으로 옮기고 혈교를 굴복시킨 뒤, 이대로 고착화를 이루어도 본 교로선 나쁠 것이 없지. 그러나 그것은 불가하다."

후잔해가 물었다.

"역시 본 교의 열망인 중원 정복을 위해 한발도 물러서지 않기 위함입니까?"

혈적현은 고개를 저었다.

"그 이유뿐이라면, 고착화를 이룬 십 년 혹은 이십 년 뒤에 다시 시도해도 될 일이다. 내가 혈교를 멸할 수 없는 이유는 그것이 바로 나, 혈적현의 결정을 번복하는 것이기 때문이다."

"……."

"본 교는 혈교의 독립을 허락하며 그 보증으로 중요 인물들을 교환했다. 당장 이 자리에 있는 내 두 호법과 감찰부의 흠진 대장로는 그들이 보낸 사신(使臣)이자, 귀빈(貴賓)이다. 이는 처음 그들의 독립을 지지했던 심검마선과의 오랜 고민 끝에 나온 결론이다. 하책은 쓸 수 없으니 사 장로는 중책을 말하라."

사무조는 고개를 끄덕인 뒤 말했다.

"중책은 보복을 하는 것입니다. 보복의 종류는 다양합니다. 간접적일 수도, 직접적일 수도 있습니다. 어떠한 방법을 하든, 혈교로 하여금 다시는 그런 행동에 나서지 못하도록 경고하는 데 의의가 있습니다."

"간접과 직접의 예를 들면?"

"간접적으로는 그들의 세력권에 동시다발적으로 개입하든

가 천포상단을 이용하여 그들의 물자를 틀어쥐든가 하는 식
으로, 그들이 말했던 '몰라서 실수했다'라는 그 핑계를 똑같이
써서 넘어갈 수 있는 선까지의 보복을 말합니다. 직접적으로
는 시시비비를 가릴 생사혈전을 신청하든가 말존대를 보내 직
접 사건에 개입한 자를 암살하든가 하는 식입니다. 무엇을 선
택하든, 일단 그들이 교인을 죽인 것에 대해서 보복하는 것입
니다."

"일단은 알겠다. 상책은 무엇이지?"

"상책은 그들이 말하는 보상을 받고 넘어가는 것입니다."

후잔해는 그 말을 들은 즉시 큰 소리로 말했다.

"그것은 대천마신교에 있을 수 없는 일이다!"

흠진은 팔짱을 끼며 묵묵히 있었다. 일이 이상하게 돌아갈
경우, 그의 신변에도 크나큰 문제가 생길 것이 자명했지만, 그
는 몸에서 조금의 살기도 내비치지 않고 고요히 서 있었다.

혈적현이 후잔해와 흠진을 한 번씩 번갈아 본 뒤에 사무조
에게 물었다.

"그것을 상책으로 판단한 이유는 무엇이지?"

"상책을 사용함으로 따라오는 가장 큰 불이익은 바로 천마
신교 내부적으로 교인들이 교권을 의심하게 된다는 점입니다.
과거 성음청 교주가 유화정책을 펼쳤을 때 상당수의 마인이
그녀를 탐탁지 못하게 생각했던 이유는 바로 절대지존의 이상

적인 모습을 보여 주지 못했기 때문입니다."

"그런데도 상책이라는 건가?"

"그것은 크게 드러나는 점이 아닙니다. 남쪽 먼 지부에서 일어난 일이니, 정보부에서 얼마든지 숨기려면 숨길 수 있고, 대부분의 교인들은 그런 일이 일어났는지도 모르고 지나갈 수 있습니다. 그리고 무엇보다, 하책도 중책도 비용과 시간 그리고 일력이 사용되지만, 상책은 오히려 비용이 들어옵니다."

후잔해는 사무조의 말이 끝나기만을 기다리다가, 재빨리 말을 꺼냈다.

"단순히 손익계산으로 본 교의 일을 결정해선 안 됩니다. 본 교는 천 년 전부터 마인의 집단! 마인의 방식으로 일을 해결해야 합니다. 그리고 마인이라면 절대로 그러한 일을 돈이나 받아먹고 끝내지 않습니다."

혈적현은 무심한 눈길로 후잔해를 보며 말했다.

"이젠 마인의 집단이 아니라 교인의 집단이오, 수석장로."

후잔해는 순간 교주 혈적현 본인도 마인의 범주에는 들지 못한다는 사실을 깨닫고는 입을 다물 수밖에 없었다. 그는 얼굴을 팍 찡그리더니 고개를 돌려 버렸다.

지금까지 교무회의를 가만히 듣고만 있던 마지막 대장로. 교육부를 총책임지며, 죽호가 가주의 어머니이고, 또 태곡도후(太曲刀后)라는 별호를 가진 서가령이 미약하지만 힘 있는 목소리로 말했다.

"십 년 전 은퇴하여 본가에서 적적한 여가를 보내고 있었소. 그런 내게 일 년 전 교주가 처음 찾아와 대장로의 자리를 부탁했을 때에, 내게 했던 말이 있소. 기억하시오, 혈 교주?"

혈적현은 고개를 끄덕였다.

"기억합니다."

혈적현은 천마신교의 교주로서 그 누구에게도 존칭할 필요가 없지만, 천마신교의 살아 있는 근대사라 불리는 서가령에겐 꼭 존대를 했고 천마신교의 교인 중 그 누구도 그것을 이상하게 생각하지 않았다. 그만큼 서가령은 모든 이에게 존경을 받는 마인이었고 그랬기에 애초에 혈적현도 존대를 하는 것이다.

그리고 무엇보다도 서가령은 그의 연인 서린지의 조모다.

서가령이 눈을 살짝 감으며 말했다.

"천마신교가 신물을 잃음으로 가장 먼저 영향을 받은 곳은 바로 본녀가 맡은 교육부이오. 마단은 이미 마인이 된 자들에겐 필요 없기 때문이지. 역혈지체를 이루어 주는 마단은 천마신교의 교육부에 가장 핵심적인 것인데, 그것이 없으니 혼란에 빠질 수밖에. 그런 곳을 본녀에게 맡기면서 교주가 그랬소. 마공과 마인이 천마신교를 만드는 것이 아니라, 천마신교의 제도와 문화가 천마신교를 만드는 것이라고. 그것을 따르는 한, 마인이든 마인이 아니든 교인이라고."

"네, 분명 그렇게 말했습니다."

"대천마신교의 교인을 죽었는데 그것을 묵과하는 것은 마인의 길에서 벗어난다는 후잔해 수석장로의 말에는 나도 교주와 똑같이 동의하지 않소. 그것은 마인의 길이 아니라 교인의 길에서 벗어나는 것이기 때문이오. 내 말을 이해하겠소?"

"……"

"마단이 없는 현재, 천마신교는 마인의 집단이 아니라 교인의 집단이지. 마인의 방식이기에 묵과하지 않고 보복해야 한다는 것이 아니라 천마신교의 문화와 제도상 묵과하지 않고 보복해야 한다는 것이오."

혈적현은 고개를 느리게 끄덕이더니, 사무조에게 다시 말했다.

"대장로 두 분이 상책을 반대하는데, 사무조 장로는 어떻소?"

"저는 정보를 제공할 뿐 판단하지 않습니다, 교주님."

후잔해는 고개를 들고 사무조를 노려보며 말했다.

"정말 그랬다면, 감히 상중하를 붙이지 말았어야지."

흠진은 후잔해를 슬쩍 돌아보더니, 말했다.

"교주님의 앞입니다. 자중하시지요."

후잔해는 팔짱을 탁 끼더니 그를 보며 말했다.

"흥! 혈교의 인물이면서 이곳에 서 있으니, 직접 이 일에 대해서 해결책을 내놔 봐라. 너희 두 호법들도 내놔 보고! 가장 중요한 교무회의에 적들을 버젓이 두고 논하다니, 정말이지……"

후잔해의 말에도 흠진이나 두 호법은 아무런 동요도 내비치지 않았다.

혈적현이 말했다.

"말을 삼가시오, 후 장로. 그들은 적이 아니라 한 뿌리에서 나온 형제들이오. 그들이 오해하여 실수한 것이고 그것을 또 바로 실토하였으니, 여타 본 교의 지부가 실수한 것처럼 책임을 물 것이오. 그들을 완전히 다른 집단이라 생각하면 곤란하오."

"……"

"상책과 중책 중간으로 하지. 그들에게 금전적인 보상을 받는 것과 더불어서 그들의 자금줄을 조금 틀어쥐어 본 교의 힘을 보여 주는 것으로. 자세한 사항은 나중에 논하기로 하고, 전속부관은 세 번째 보고를 하시오."

주하는 포권을 다시 한번 취하곤 말했다.

"세 번째는 보고라기보단, 용무라 하는 것이 더 옳을 것 같습니다. 제가 알기론 저희 대장로께서 교주 명을 직접 받들어 임무에 임하신 것으로 알고 있는데, 대장로의 행방을 전혀 알

길이 없어 교주께 감히 묻고자 합니다."

사무조와 혈적현은 자기들도 모르게 눈을 마주쳤고, 후잔해는 그것을 놓치지 않았다. 그는 혈적현이 뭐라 답하기 전에 주하의 말에 이어서 말했다.

"슬슬 말해 주어도 되지 않겠습니까, 교주님? 대장로뿐만 아니라 일반 장로들 중에도 상당수 눈치챈 자들이 많습니다. 무림맹에 한 발 걸치고 있는 부교주는 그렇다 쳐도, 피월려 대장로까지 없다니요! 교주께서 말씀하고 싶어 하시지 않는 것은 저희도 다 알고 있습니다만, 정녕 그것이 교주의 뜻이라면 그에 관해서 함구하라 교주 명을 내려 주십시오."

당연하지만 그런 명령을 내리는 순간 혈적현은 자신이 연관 있다고 실토하는 것과 진배없다. 자신이 몰래 피월려에게 비밀 임무를 주었다는 것을 말이다.

혈적현이 아무런 말을 하지 않자, 이번엔 서가령이 주하를 도와주었다.

"대장로라는 직위를 만들고 또 실력 있는 자들을 일반 장로로 대거 기용하는 것도 모자라 혈교의 교환 마인들까지 받아서 이렇게 큰 교무회의를 만드신 분은 교주 본인이오. 넓은 각도에서 의견을 수렴하기 위함이라 생각하는데, 장로들에게 본 교의 일을 숨기신다면, 과거 본 교의 폐쇄적인 장로회와 다를 것이 없소. 교주 홀로 고민하는 것보다 장로들과 함께 고민해 보는 것이 어떻겠소?"

혈적현은 침을 삼켰다. 그러곤 옆에 서 있던 서린지를 돌아 봤다.

서린지는 작은 미소를 짓더니, 그에 귀에 입을 가져가 작은 소리로 속삭였다.

"혈 랑께서 직접 뽑으신 장로 분들이세요. 혈 랑이 그들을 믿지 않는다면, 그들을 뽑은 이유가 없지 않겠어요?"

"……."

"두려울 것 하나 없어요."

그녀의 말을 들은 혈적현은 결심한 듯 목을 가다듬더니, 그의 말이 떨어지기만을 기다리는 장로들을 향해서 말했다.

"무당산의 정기가 사라진 일을 알 것이오. 그곳은 과거 무당파의 지역으로, 무림맹에서 한사코 그곳에 관해선 천마신교에서 관여하지 말라 하여 공식적으로 파견된 교인은 부교주 뿐이지만… 내가 피 장로와 제갈 전주에게 은밀히 따라가라 명을 내렸었소. 무림맹에서 무당산의 정기가 사라져서 인원을 투입한 것이 아니라, 사라진다는 정보를 선점하고 고수를 보냈기에 그것이 의심스러웠던 것이오."

"……."

"그리고 태학공자는 그것이 청룡궁과 결탁한 이계의 세력과 관련 있다는 것과 그들로 인해 부교주가 그곳에서 실종되었다는 것까지 알아냈소. 그것을 추적했고, 그 와중에 피 장로까지 실종되었소. 태학공자는 그 일로 연구 중에 있소."

임무 중에 실종이라니?

그런 청천벽력을 들을 줄은 상상도 못 했던 대장로와 일반 장로들은 모두 경악한 표정을 지었다.

중앙에 있던 주하가 떨리는 목소리로 물었다.

"어, 어떻게 그런 일이 벌어졌습니까?"

그 질문이 떨어지기 무섭게, 모두 중 가장 먼저 이성을 되찾은 흠진이 날카롭게 눈을 빛내며 주하의 질문을 잘랐다.

"그 전에 애초에 왜 실종입니까? 죽었다면 죽은 것이고, 산 채로 사로잡혔으면 사로잡힌 것이지, 어떻게 부교주와 심검마 선께서 실종되어질 수 있다는 말입니까?"

그 말을 들은 모든 이들은 흠진의 말에 동감했다. 그토록 무위가 뛰어난 둘에게 '실종'이란 말은 있을 수 없기 때문이다.

혈적현은 진중한 목소리로 대답했다.

"특수한 마법에 당했소. 지금까지 연구 결과에 의하면 그들을 어딘가로 이동시키는 것인데, 중원에 남아 있는지 아니면 이계로 갔는지는 아직 모를 일이오. 다만 확실한 것은 그들이 죽었다고 보기는 어렵다는 것이오."

"……"

"……"

교무회의의 모든 장로들은 서로의 얼굴을 바라보며 무슨 말을 해야 할지 알지 못했다. 오로지 주하만이 참담한 표정으로 고개를 숙이고 있었을 뿐이다.

적막이 휩싸인 가운데 갑자기 사무조가 얼굴을 조금 찡그렸다. 그런 기색을 눈치챈 혈적현이 그를 보자, 사무조가 급히 얼굴을 펴고 포권을 취하며 말했다.

"정보부에서 막 전음이 왔습니다. 무림맹에서 사람이 왔다 합니다. 화산에 큰일이 일어나 의논을 하고 싶다고 합니다. 그리고……."

"그리고?"

"부교주를 찾습니다. 화산의 일이라 그런 듯합니다만."

그 말을 들은 혈적현의 침중한 안색은 더더욱 짙어졌다.

*   *   *

끼익. 끼익. 끼익.

천장으로부터 매달려 있는 정체 모를 약재는 미약한 바람에 흔들려 기분 나쁜 소리를 내었다.

끼익. 끼익. 끼익.

완전히 빛을 잃은 정채린의 두 눈동자는 오로지 그 약재의 움직임만을 본능적으로 따라가고 있었다. 창백하기 짝이 없는 그녀의 얼굴에는 작은 움직임도 없어 마치 시체와도 같았다. 만약 눈동자라도 움직이지 않았다면, 그대로 누군가가 그녀를 장사지낸다고 억울해할 것이 없었다.

끼익. 끼익. 탁.

마치 맹수에게 사냥을 당하듯, 그 약재는 거대한 손에 사로잡혔다. 그 손은 애벌레 같은 주름이 가득했고 사방으로 쭉쭉 뻗은 나뭇가지처럼 가늘고 길었다. 하지만 그 크기가 무색할 정도로 섬세하게 움직이더니 약재를 묶은 끈을 풀어서 약재 한 줄기만 뺐다. 그러곤 다시 섬세하게 남은 약재를 묶었다.

끼익. 끼익. 끼익.

기분 나쁜 소리는 다시 시작되었고, 정채린의 눈동자는 다시금 움직이기 시작했다.

정채린의 입술이 작게 움직였다.

"소, 소르. 소르. 소… 소으."

메마른 입술은 가뭄에 굳어 버린 땅같이 갈라져 있었다. 그 계곡들은 당장에라도 피가 흘러내릴 만큼 깊었지만, 흘러내릴 피가 없어 그 속을 훤히 보여 줄 뿐이었다. 텅 빈 그 계곡들 사이로는 정채린이 전신을 다해서 내뱉은 호흡이 삐져 나가 그녀의 발음을 뭉개 버렸다.

소타 선생은 정채린에게 다가왔다. 병상 위에 누워서 꼼짝도 못 하는 그녀를 훑어보는데, 그녀와 눈이 마주쳤다. 소타 선생은 정채린의 입가에 귀를 가져갔다.

"뭐? 뭐라고?"

"소, 소리……."

"아. 그래. 노년에도 노부의 귀가 맛이 안 간 걸 다행으로 알아라."

소타 선생은 이리저리 흔들리던 약재를 붙잡았다. 중간에 두고는 그것이 더 이상 흔들리지 않도록 했다. 그는 다시 옆에 앉아서 아까 가져온 약재를 그릇에 빻으며 말했다.

"귀가 예민해진 걸 보니, 곧 감각들이 돌아올 거다. 이토록 성공적인 치료는 오랜만이군. 죽지만 않으면 다행이라 생각했는데 그래도 사람 노릇은 하겠어."

"……."

약재는 점차 흰 가루로 변하기 시작했다.

소타 선생이 대수롭지 않다는 듯 말을 이었다.

"오늘 아침 조금만 잘했어도 네가 이겼을 거다."

"오, 오늘 아침?"

"그 대전에서 말이다. 이석권, 그놈이 원래 말을 그렇게 썩 잘하는 놈이 아니야. 네가 좀만 잘 몰아붙였어도 이렇게까지 되진 않았을걸? 중간중간 그래도 꽤 좋은 역전의 기회들이 있었는데, 아쉽게 되었어. 네가 딱 그 뭐야, 우연입니까? 그거 말했을 때 말이야. 그 음흉한 놈… 속으로 회심의 미소를 지었을걸?"

"……"

"솔직히 말해서 그놈이 판을 잘 짰지. 네가 알아서 동굴에 처박혀 들어가 준 동안, 응? 그 뭐, 막 애들이 분해가 되었다며? 뇌하고 장기하고 뭐 그 이계의 마법인가? 그런 거 맞아서. 뭐, 지 친동생도 그리되었으니 그 당시에는 진심이었을지도 모르겠네. 하여간 시체들을 하나하나 구별하고 장사하는 그런 모습을 보여 주면서 단숨에 다른 이들의 마음을 사로잡았어. 아아, 그래. 연기가 아니고 진심이었으니, 사람들이 홀딱 넘어갔겠지."

"……"

"마지막에 그건 정말 아니야. 갑자기 마교의 끄나풀이라니. 그렇게 위급한 상황에 막 지를 거면 처음부터 그냥 까놓고 말하는 게 좋지. 시작할 때부터 마교와 연관되어 있다는 의심이 있습니다, 이렇게 정중하게 말하면 그나마 사람들이 들어 주기라도 하지, 그렇게 발악하듯 이야기해 봤자 누가 듣겠어? 안 그래?"

"……"

"뭐 수향차가 네게 등을 돌린 것이 네 마음에 영향이 컸나? 그리 흔들릴 만큼? 흐음. 그 음흉한 놈이 수향차까지 네 원망을 하도록 수를 썼는지는 모르겠지만… 뭐 다시 생각해 보니,

그 상황에 네가 그 정도로 따박따박 말대꾸한 것만 해도 대단하네. 아니, 오히려 그래서 상황이 더 악화된 것도 있어. 그냥 나 졌어요, 이런 자세로 나갔으면 파문할 명분이 없으니까 대악지옥에서 참회하게 해 줬을걸? 그럼 이렇게 반송장이 돼서 나한테 올 일이 없었을 것이고 나도 잠을 거를 일이 없었겠지."

정채린은 눈을 깜박였다. 깜박이니, 눈이 너무나 따가워졌다. 그래서 다시 깜박였고, 다시 느껴지는 고통에 또 깜박였고… 그것은 그나마 차린 정신이 다 날아가 버릴 고문이었다.

그런 그녀의 상태를 용케 확인한 소타 선생은 방금 빻은 약재를 정채린의 눈 안에 넣어 주었다. 흰 가루가 눈 위에 가득 쌓이자 눈꺼풀이 거의 경련을 일으킨 것처럼 빠르게 감고 뜨기를 반복했다. 한참을 그러니, 눈 속의 고통이 완전히 사라졌다.

"눈의 감각도 돌아와서 그런 거다. 좋은 거니, 걱정하지 마."

처음엔 붉은색이었다.

그리고 노란색.

또 초록색.

하나둘씩 세상은 빛깔을 찾기 시작했다. 소타 선생의 방은 색채가 풍부하지 않았지만, 계속 색을 보지 못했던 정채린에 겐 색 하나하나가 너무나 반가울 따름이었다.

소타 선생은 피식 웃더니 말했다.

"다시 보이니 좋으냐?"

"네."

"얼씨구 말도 잘하는구나."

정채린은 힘없이 웃어 보였다.

소타 선생은 한쪽에 넣어 둔 그릇을 꺼냈다. 그 속에는 거무칙칙한 물이 있었는데, 누가 맡아도 독하디독한 약인 것을 알 만한 냄새를 풍겼다. 그는 정채린의 입에 그것을 천천히 붓기 시작했다.

"후각이 돌아오기 전에 마셔두는 게 좋겠다. 천천히 마셔라. 피가 다시 나올 거다."

쓰디쓴 맛 말고는 느껴지는 게 없었던 정채린은 그런저런 잘 받아먹었다. 그러자 위장에서부터 뭔가 뜨거운 것이 전신에 서서히 퍼지기 시작하더니, 그 뜨거움으로 인해 온몸의 위치가 느껴지기 시작했다.

아, 내 어깨가 여기 있었지?

아, 내 다리는 여기야.

이건 손가락. 이건 발가락.

뿐만 아니라 온몸의 기혈까지도 느껴지기 시작했다.

독맥.

양맥.

그리고 단전.

단전?

정채린은 영혼을 찌르는 듯한 고통에 비명도 지르지 못하고 입이 턱 막히는 듯했다.

"크—학. 하악. 아. 아악."

그녀는 최대한 짧게 호흡했다. 누군가 공기 속에 칼날을 숨겨 놓았는지, 조금만 들이마셔도 기도가 찢어지는 것 같고, 가슴을 뚫고 공기가 빠져나가는 것 같았다.

소타 선생은 신음하는 그녀의 양어깨를 붙잡고 병상에 짓눌렀다. 그리고 무릎을 들어 그녀의 복부 쪽에 가져간 뒤, 천천히 그리고 지그시 눌렀다.

그만한 압박이면 더욱 고통이 몰려올 만한데, 정채린은 오히려 고통이 가시는 것을 느꼈다. 소타 선생은 그녀의 배를 누르는 무릎을 그대로 유지한 채로 정채린에게 말했다.

"이제 괜찮을 거다."

"하아. 하아. 하아."

그녀가 겨우 고개를 끄덕이자, 소타 선생이 또박또박 말했다.

"지금 내가 무릎으로 누르고 있는 곳. 그곳을 기억해서 네가 한번 눌러 보아라. 알겠지?"

"예. 예."

소타 선생은 무릎을 들었고, 그 즉시 그 고통이 찾아왔다. 정채린은 이를 악물고는 오른손으로 그 위치를 찾아 눌렀다. 그러자 고통이 조금 가셨는데, 그래도 여전히 아프자 그녀는 결국 양손을 사용해서 깊숙이 눌렀다.

소타 선생은 한숨을 푹 쉬며 말했다.

"누군지 모르지만, 사내새끼가 한 게 분명해."

"……."

"여자아이의 단전을 파혈(破穴)할 때는 자궁을 건들지 않게 조심을 해야지, 원. 아니, 이렇게 엉망으로 만들 거면 나한테 부탁을 하던가, 참 나."

정채린은 침을 삼킨 뒤에 말했다.

"호, 혹시."

"……."

소타 선생은 그녀의 애처로운 눈길을 애써 회피하더니 다시 약재를 가는 일에 집중했다.

정채린은 자신의 배를 내려다보았다. 고통을 억제하기 위해서 얼마나 넣었는지 몰랐는데, 이제 보니 양손이 절대 들어갈 리 없는 수준으로 들어가 있었다. 그녀는 마음을 진정시키고 물었다.

"무, 무공은 다시 익힐 수 없는 건가요?"

약재를 갈던 소타 선생의 손이 멈췄다. 그는 한숨을 푹 하고 내쉬더니 말했다.

"익힐 수는 있어."

정채린의 얼굴이 환하게 변했다. 그러나 곧 이어진 소타 선생의 말에 그 밝아진 빛을 잃었다.

"하지만 그렇게 하면 애는 못 낳을 거야."

"……."

"아예, 네가 무공을 다시 익히지 못하게 하려고 거칠게 단전을 도려냈어. 하지만 여자의 배 속엔 남자와 다르게 단전 말고도 빈 곳이 있지. 그곳으로 혈도를 내면 되긴 해. 하지만 그렇게 되면 불임이 될 수밖에. 애가 자리 잡을 곳에 진기가 머무니, 애기가 어찌 자라겠어."

"괜찮아요. 무공을 익히겠어요."

소타 선생은 정채린을 돌아봤다.

정채린은 어느새 병상 옆으로 걸터앉아 있었다.

소타 선생이 말했다.

"그리 쉽게 결정할 것이 아니다. 다시 무공을 익혀도 네가 오른 그 수준까지 평생 동안 못 이룰 수도 있어. 화산에서 파문당한 넌 화산의 정기를 마시지도 못하고 화산의 무공을 익힐 수도 없다. 그 둘은 세상에 아무리 귀한 영약이나 오래된 비급과 견주어도 엇비슷하면 엇비슷했지, 지진 않는다. 그런 도움도 없이, 이미 이십을 넘긴 몸으로 다시 무공을 익혀 절정에라도 오를 것 같으냐?"

"올라가 보이겠어요."

"차라리 혼인하여 귀족이나 거상의 안주인이 되라. 도시는 물론이오, 도성 전체에서 찾아도 찾기 힘든 네 미모는 아직 그대로이니, 웬만한 귀족이나 부잣집에서도 반길 것이다. 편히 살 수 있을게야."

"아니오. 제가 아이를 갖지 못하는 한이 있더라도, 화산파가 마교의 손아귀에 들어가는 걸 두고 볼 순 없어요."

소타 선생은 어깨를 들썩이더니 말했다.

"흥, 마교라. 진짜일까?"

"예?"

그는 정채린 앞에 의자를 가져왔다. 그의 두 눈빛은 즐거운 장난감을 발견한 어린아이의 그것과 같았다. 맑으면서 음흉한 빛이었다.

"마교의 첩자라면 말이야. 말이 앞뒤가 안 맞아서 그렇지."

정채린은 눈을 찌푸리며 말했다.

"어, 어느 부분이 말입니까?"

"애초에 네가 그를 마교의 첩자라고 생각하는 이유가 뭔지 설명해 봐. 그 대전에서 이야기는 다 들었으니까, 간단히 말해도 알아들어."

정채린은 미묘한 시선으로 그를 보다가, 이내 천천히 설명했다.

"이석권 장로님은 지금까지 마교와의 친선을 주장하셨습니다. 그리고 마교와 연이 있던 운정 도사님을 변호하셨습니다. 또 마교 몰래 이계와 인연을 맺기 위해서 초대한 백요가 화산파 내에서 공격당했던 그 사건을 추궁했을 당시, 그의 반응과 표정으로 볼 때 너무나 확실했습니다. 그런데 그때 마침 회오리가 생겨 더 추궁하지 못했었습니다. 그 시기도 매우 이상합니다."

"일단 심증뿐인 것 같은데?"

"흉수는 화산파 내부에서 백요를 빈사 상태로 만들 정도로 공격했습니다. 백요는 아무런 죄도 짓지 않은 자. 그런 결백한 자를 상대로 진심으로 죽이려 했다면, 아마 상당한 죄책감을 느꼈을 것이고 이는 마(魔)로 이어졌을 것입니다. 그래서 이석권 장로께서 개화련에 든 것이 아닌가 합니다."

"흐음."

"하지만 아무런 죄도 없는 범인을 그토록 죽이려 했다면 개화련으로 마를 전부 참회할 수 없었을 겁니다. 그래서 남은 마를 확인할 수 있을까 하여, 반마경을 보자고 한 것인데……."

정채린이 말끝을 흐리자 소타 선생이 말했다.

"그에겐 마가 나타나지 않았지. 하지만 네겐 나타났지. 그래서 파문당했고."

그녀는 곧 힘없는 목소리로 중얼거렸다.

"예… 그러고 보면… 정말 심중뿐이군요."

소타 선생은 그런 그녀를 지그시 보다가 이내 말했다.

"노부가 준 단환 말이야, 기억하나?"

"예, 기억합니다만?"

"그게, 그 속에 내재된 마를 억눌러 주는 역할을 하거든. 왜 그 화산파의 어른들이 곤란할 때 그거 먹으려고 노부를 잘 찾곤 했지."

"……."

"난 공정함을 추구해서 말이야. 그거 이석권도 먹었거든."

"그, 그럼?"

"마가 남아 있다 해도, 적었다면 그걸로 어찌어찌 반마경을 피해 갔을 거야. 아니, 확실하지 그게. 그래서 나를 찾아왔던 거고, 며칠 전에."

정채린의 표정이 굳었다.

"그와 한편이시군요? 그에게 약점이라도 잡히셨습니까?"

"그랬다면 네게도 먹이지 않았겠지. 다시 말하지만 중립을 지키려 했어, 나는."

정채린은 울컥하는 기분이 들었지만, 이성으로 다스렸다. 소타 선생의 말처럼 그는 누구의 편도 아니고 누구에게 빚진

적도 없기 때문이다. 그녀는 눈을 날카롭게 뜨며 물었다.

"그런데, 왜 이젠 중립을 지키지 않으려 하십니까? 중립을 지킨다면 저를 회복시켜 주시는 것까지일 것입니다. 이렇게 제 이야기를 들으려 하지 않았을 겁니다만."

소타 선생의 눈빛도 그녀의 그것처럼 차가워졌다.

"그야, 너와 이석권 장로의 입씨름을 듣는 동안 생각이 달라져서 말이야."

"그럼, 소타 선생께서는 제 말을 믿으시는 겁니까? 그가 마교의 끄나풀인 것을?"

그는 고개를 흔들었다.

"아니, 아니. 아까 분명히 말했잖아. 네 이야기의 앞뒤가 안 맞다고. 그가 개화련을 끝낸 그 시점이 수상하다면, 그 회오리를 일으키는 이계의 마법에도 관여를 했다는 건데, 아니 마교의 끄나풀이라고 해서 그런 짓을 왜 해?"

정채린의 입이 살포시 벌어졌다.

"그야… 마교에서 화산의 정기를 갈취하기 위해……."

소타 선생은 그 말을 잘랐다.

"마교에서 화신의 정기가 왜 필요하지? 마기가 필요하면 필요했지, 정기 가지고 뭐 하게?"

"……."

"그럼 정기가 필요한 것이 아니라 단순히 화산의 힘을 약화시키게 하기 위해서라고 하자. 그 또한 모순인 것이, 마교는 분명 화산의 태룡향검을 통해서 무림맹과 좋은 관계를 유지하려 하고 있어. 백도의 영역에선 최대한 양보하면서 분쟁을 피하고 화친을 도모하고 있지. 이는 무림맹이 얼마든지 청룡궁과 동맹을 맺고 마교와 동시다발적으로 전쟁을 선포할 수 있기 때문이야."

정채린은 반만 웃고 있는 소타 선생의 두 눈을 지그시 보며 나지막하게 말했다.

"이런 초막에 지내시면서 중원의 정세를 잘 아시는군요."

"말했지만, 화산의 어른들이 자주 찾아온다니까? 이젠 다 죽어서 그럴 일도 없겠지만."

"……."

"하여간, 그래서 이석권 장로가 회오리를 일으킨 장본인이라면, 마교의 끄나풀이라는 말은 성립이 안 돼. 태룡향검이 속한 화산만큼 마교와의 화친을 주장하는 무림맹 세력도 없어. 화산이 없으면 무림맹과 천마신교의 동맹은 하루 안에 공중분해 되겠지. 그런데 마교에서 화산의 정기를 갈취, 화산의 힘을 약화시키려 한다? 이는 맞지 않지."

정채린은 피월려를 떠올렸다.

가공할 무위를 선보이며 매화검수들 앞에 나타났던 그는 태룡향검을 찾으러 간다고 했다. 또한 그 와중에 매화검수들

하나하나와 비무하며 그들의 무위를 성장시키는 데 도움을 주었다.

그런 그가 강력한 영향력을 행사하는 마교에서 이런 일을 벌였다?

정채린은 자신이 너무나 단순하게 생각했다는 것을 인정했다.

그녀가 말했다.

"그럼 어느 세력이겠습니까? 화산의 정기를 갈취하는 데 이석권 장로가 일조했다면 그는 분명 화산 말고 다른 세력을 섬기고 있는 겁니다."

소타 선생은 입만 웃으며 말했다.

"마교가 아니라면 어디겠느냐? 간단하지."

정채린의 두 눈동자가 보름달처럼 커졌다.

"청룡궁?"

소타 선생은 쾌활하게 웃었다.

"역시 내가 의술 하나는 중원제일이지. 오늘 아침만 해도 생사를 오가던 사람을 전보다 더 지혜롭게 만들었으니, 이처럼 뛰어난 자가 나 말고 어디 있겠느냐?"

정채린의 귀로는 그의 말이 하나도 들어오지 않았다. 그녀는 입을 살짝 가린 뒤에 말했다.

"하지만 그것도 조금 이상합니다. 이석권 장로께서 청룡궁의 끄나풀이라면 왜 숙부님은 그를 가까이 두셨고, 왜 그는 지금까지 천마신교와의 화친을 주장하였으며, 왜 화산에 온 백요를 죽이려 했고, 또 왜 운정 도사님을 비호했겠습니까?"

소타 선생은 입가의 미소를 유지한 채 정채린에게 말했다.

"네 스스로 말해 보아라. 왜 그런 것 같으냐? 그가 청룡궁의 끄나풀이라는 가정이 진실일 경우로 추론해 보거라."

정채린은 입맛을 다시곤 턱을 괴었다. 그리고 천천히 스스로에게 말하듯 자신의 생각을 정리했다.

"숙부님은… 숙부님은 이석권 장로가 청룡궁의 첩자라 의심했기에 오히려 곁에 두셨을 수 있습니다… 또한, 장로는 그런 숙부님에게 의심을 받지 않기 위해서 천마신교와의 화친을 주장하는 숙부님의 의견에 일부러 동조했을 가능성이 큽니다. 그리고 화산에 온 백요를 죽이려 한 것은… 그것은 청룡궁과 결탁했다고 알려진 이계의 요괴… 그들은 새로이 중원으로 넘어온 요괴들과 화산이 화친을 맺는 것을 원치 않았기 때문에 그것을 막고자 했다고 볼 수 있습니다. 그리고 운정 도사님을 비호한 것은… 그것은……."

"그것은?"

정채린의 생각이 깊어지면 깊어질수록 소타 선생의 눈빛 또한 강렬해졌다. 정채린은 이내 중얼거리듯 말을 이었다.

"우선 숙부님이 없었을 때이니, 더 이상 숙부님의 눈치를 보지 않아도 됩니다. 따라서 그가 천마신교의 인물인 것 같아, 그를 비호했다는 건 말이 되지 않습니다. 아니… 아니지. 그러고 보니, 운정 도사에게 혐의가 있는지 없는지 판단하는 그 기준을 이석권 장로 스스로가 제안했었습니다. 장문인께서는 그 말을 그대로 수용하여 판단하셨죠."

"오호? 그것이 무엇이었는데?"

"운정 도사께서 가져오신 태극지혈에 화산을 겨냥한 마법이 있는지 없는지, 그것으로 판단한다고 했습니다. 그래서 운정 도사님을 비호할 수 있는 방향으로 유도한 것이 아닌가……."

정채린은 자신의 머리를 스치는 것이 있었다.

남들이 보기에는 너무나 공정한 것처럼 보이는 그런 판결.

하지만 뒤로는 자신의 의도대로 이끌어 가는 음흉함.

그녀는 곧 말을 이었다.

"비호한 게 아닙니다. 운정 도사께서는 이석권 장로가 죽이려 했던 백요와 오랜 시간을 같이 보냈습니다. 그러니 천마신교의 첩자이기 때문에 그를 비호하려 했다는 암시를 혹시 귀환할지 모르는 숙부님께 주는 것과 동시에, 그렇게 했음에도 그가 죽을 수밖에 없었다는 식의 결과가 그에겐 가장 좋습니다. 다시 말하면 그는 운정 도사를 비호하는 척하면서 그를 죽음을 내몬 것입니다. 백요에게 무슨 이야기를 들었을지 모르니까요."

소타 선생은 팔짱을 끼며 나지막하게 일렀다.

"그 말이 맞기 위해선 한 가지 가정이 필요하다."

정채린은 고개를 끄덕였다.

"예. 미리 알아야 합니다. 이석권 장로는 태극지혈에 화산을
겨냥한 마법이 있다는 것을 미리 알아야만 그것을 이용해서
운정 도사에게 혐의를 부여할 수 있습니다."

"그렇다면 이석권 장로는 태극지혈에 걸린 마법을 어떻게
알았을까?"

"청룡궁의 끄나풀이라면… 그리고 그들이 속한 이계의 세력
과도 연관되어 있다면… 그는 분명 마법을 배웠거나, 적어도
마법을 알아볼 수 있는 능력이 있다고 볼 수 있습니다."

"그리고 그래야만 화산의 정기를 훔치는 그 회오리도 일으
킬 수도 있겠지. 마법을 단순히 알아보는 것이 아니라 스스로
마법을 쓸 줄 알 게야."

"……."

"천마신교의 끄나풀이라고 가정하는 것보다 청룡궁의 끄나
풀이라고 가정하는 것이 더욱 앞뒤가 잘 들어맞지 않느냐?"

"하지만 모두 가설일 뿐입니다. 이 모든 가설은 결국 이석
권 장로가 마법을 익히고 있느냐 그렇지 않느냐에 달려 있습
니다. 그것만 확인한다면 가정이 아니라 확신이 될 수 있습

니다."

"그래. 그래. 좋구나. 어찌할지는 모르겠지만, 잘해 보거라."

정채린은 순간 누군가 자신의 머리에 찬물을 끼얹은 것 같았다.

무심하기 짝이 없는 소타 선생의 눈빛.

정채린은 잠시 잊었던 사실을 기억했다.

소타 선생은 중립이다.

철저한 중립.

아니, 정말 중립일까?

지금 여기서 같이 추리한 그 내용이 이 방에서 나가지 말란 법은 없다.

소타 선생조차도 믿을 수 있는가?

어차피 여기서 무엇을 더 잃을 수 있겠는가?

그녀는 나지막하게 물었다.

"대전에서 제게 주신 단환 말입니다. 마를 다스려 주는 그 단환."

"개마환이다."

"혹시 그것 때문에 오히려 마가 증폭되어 반마경에 마가 보인 것은 아닙니까?"

소타 선생은 재밌다는 듯 정채린을 흘겨보며 말했다.

"이젠 나까지 의심하는 것이냐?"

정채린은 또렷한 두 눈동자로 소타 선생을 마주 보며 말했다.

"저는 제 스스로의 마가 느껴지지 않습니다."

소타 선생은 머리를 긁적이더니 천천히 말했다.

"없기는 개풀. 네 마성은 즉결 처형이 나왔을 정도로 심각하다. 반마경은 널 시꺼먼 어둠처럼 보여 주었겠지. 그나마 노부가 개마환을 먹였기에 파문당한거지. 노부는 네 생명의 은인이라 봐도 무방해."

정채린은 고개를 흔들며 자기 자신을 내려다보았다.

"즉결 처형이 나올 정도의 마성이라면 이미 이성을 잃어 동문들에게 검을 들이밀어도 부족합니다. 제가 어찌 이성을 유지하고 있습니까? 제가 마수가 되었기에 스스로 느끼지 못하는 겁니까?"

소타 선생은 다른 손으로 다른 쪽 머리를 긁으며 말했다.

"그게… 좀 이상하다. 그냥 짐승이라고 해도 좋을 만한 마기가 내재하는 건 확실한데 말이야… 이게 어디 있는지 도통 알 수가 없어."

"예?"

"네 전신의 기혈을 샅샅이 뒤졌다. 그래도 마기의 혼적만이 보일 뿐, 마기의 근원이 보이질 않아. 웃기는 건 단전을 도려내고 나서도 동일하게 그래. 기혈의 심장이라 할 수 있는 단전이 도려지면 필연적으로 몸의 모든 기혈이 영향을 받는다. 그런데 네 속에 숨은 마기는 전혀 변화가 없지. 게다가 네 눈에선 마기가 보일 뿐, 감정적으로 격해지거나 살기가 올라오는 등의 모습도 보이지 않지. 이상한 일이야, 정말로."

정채린은 병상 옆에 있던 의료용 거울을 들었다. 그리고 거울을 통해서 자기 자신을 바라보았다.

거울의 비친 그녀의 눈은 깨끗했다.

"눈에서도 마성이 보이지 않습니다만… 이 또한 제가 완전히 마성에 젖어서 그런 것입니까?"

소타 선생은 고개를 흔들었다.

"원래 그런 건지 모르지만, 거울로는 나에게도 보이지 않는다. 가끔씩 네 눈 위로 떠오르는 그 사이한 자색빛은 거울이나 물에 비춰지지 않아. 오로지 육안으로만 확인할 수 있는 듯하다."

"……"

"묘한 조화야, 묘한. 더 연구하고 싶지만, 의술로는 더 알 수 있는 것이 없어. 의술로는 설명될 수 없는 무언가가 개입된 것이 분명하다. 이계의 마법이겠지. 아마, 그 회오리 속에 나타난 것과 싸운 것이 네게 큰 영향을 미친 것일 테지. 이참에 나도 마법을 배우고 싶구나. 의술로는 이미 끝을 봤으니, 다른 것을 공부하는 것도 나쁘지 않겠지."

항상 중립이라 말하는 소타 선생.

그를 움직이는 동기는 대체 무엇인가?

정채린의 눈빛에 서서히 보랏빛이 올라왔다. 그리고 거울을 든 그녀의 손이 천천히 내려갔다.

그녀는 딱딱한 목소리로 말했다.

"개마환으로 절 살려 주신 것에 대해서 의심한 것은 사과드립니다."

"이제 의심이 가셨느냐?"

"예, 왜 저를 살려 주셨는지 분명히 알게 되었기 때문입니다."

"그래, 나는……."

정채린은 소타 선생의 말을 잘랐다.

"단순히 제 몸 상태를 연구하고 싶으셨군요."

"……."

"……."

소타 선생은 잠시 말이 없다가 감정이 섞이지 않은 어조로 말했다.

"내가 이곳에 머물 수 있는 조건은 바로 화산파의 제자들을 치료하는 것이다. 파문당한 널 치료할 이유는 없지. 안 그러냐? 그러니 나는 내 개인적인 이유로 널 치료한 것이다. 네게도 나쁜 건 아니지 않느냐?"

"……."

"네 가정이 맞다면, 아마 이석권은 분명 널 죽이기 위해 하산하는 길에서 기다리고 있을 것이다. 하지만 하루 종일 찾아도 네 흔적을 찾을 수 없게 되면 결국 이곳 요유각(療癒閣)으로 올 것이다. 그러면 내가 몰래 널 치료할 수도 있다고 충분히 유추할 수 있어. 사실 언제 그가 들이닥쳐도 이상하지 않아."

"……."

"화산의 험산 산세는 경공이 없으면 빠져나가기 불가능에 가깝지만, 아쉽게도 내가 널 도와줄 수 있는 건 여기까지다. 내 경공은 은밀하지도 빠르지도 않아. 내가 널 데리고 나갔다간 어차피 들킬걸? 천운으로 네가 탈출에 성공한다면, 그리고 무공을 다시 익히려 한다면, 마교에 찾아가라. 네가 가진 마성을 받아 줄 곳은 그곳이 유일하지. 네 숙부의 지인들에게도 도움을 받을 수 있고."

정채린은 소타 선생을 뚫어지게 보다가 곧 포권을 취하더니 말했다.

"은혜는 은혜. 필히 갚겠습니다."

그 말을 끝으로 정채린은 양손으로 단전을 지그시 누른 채 병상에서 일어나 요유각을 떠났다.

소타 선생은 빈 병상을 한참 보다가 이내 중얼거렸다.

"다 망해 가는군, 아주. 화산도 떠날 때가 됐어."

그는 깊은 한숨을 내쉬고는 천장에 매달린 약재들을 하나씩 풀기 시작했다.

第二十章

공간마법의 여파로 인해서 난장판이 된 방 안에는 온갖 가구들과 의복 그리고 도구들이 누군가 위에서 집어 던져 넣은 것처럼 마구잡이로 뒤섞여 있었다.

그리고 그 중심에는 이상한 자세로 뒤집힌 채 누워 있는 로스부룩과 운정이 있었다.

로스부룩은 자신의 겉옷을 거칠게 벗으며 말했다.

"진짜. 무조건 들켰습니다. 아무리 페이즈 클록(Phase Cloak)이라고 하나, 이건 안 들킬 수가 없어요."

방 안에 널브러진 채로 자기 머리를 부여잡고 있었던 로스부룩은 몸을 겨우 일으키며 떼쓰는 어린아이처럼 떽떽거렸다.

그는 곧 빠르게 방문으로 가서 슬그머니 고개를 내밀고 마치 맹수를 경계하는 초식동물처럼 이리저리 돌아봤다.

아무도 오지 않는 것을 확인하자, 그는 다시 문을 닫고는 운정을 보았다.

"왜 그렇게 늦게 나온 겁니까? 해가 뜨기 전에는 꼭 나오라고 말씀드렸잖아요."

운정은 로스부룩이 하는 말을 전혀 들을 수 없었다.

그의 머릿속에는 공간마법을 시전하기 전 그에게 인사를 건네던 카이랄의 모습만이 가득했다.

"너와 내 일족이 좋은 관계를 맺게 돼서 다행이다. 염려하던 일은 일어나지 않았어. 어서 가라. 이미 해가 떴지만, 지금이라도 빨리 돌아가야지."

"응, 카이랄. 앞으로도 서로에게 좋은 친우가 되자고."

"……."

"왜?"

"nd'u yoayuh yawo sod asodg jaging yal sodgd yan nyucho soya wooh, ym dneirf."

운정은 카이랄의 마지막 말이 나의 친우라는 것은 알았지만, 나머지 말은 전혀 알아들을 수 없었다.

공간마법으로 인해서 세상이 뒤틀려지기 바로 직전, 카이랄이 그를 바라보던 눈빛은 그전까지 한 번도 본 적 없는 눈빛이었다.

무엇을 말하고자 했을까?

운정은 로스부룩에게 말했다.

"카이랄이 마지막에 했던 말, 혹시 무슨 말인지 들으셨습니까?"

로스부룩은 멍한 눈길로 주저앉아 있는 운정을 내려다보며 화낼 기분이 날아가는 것을 느꼈다.

운정과도 같은 사람에겐 어떻게 화를 내도 의미가 없을 것 같았기 때문이다.

그는 자기 가슴을 툭 치며 화를 참고는 기억을 더듬었다.

"뭐, 마법을 영창하고 있어서 못 알아들었습니다만 희미한 기억으로는 엘프어를 말하던 것 같더군요."

"애루후어라면, 모르십니까?"

로스부룩은 버럭 소리 질렀다. 날아갔던 화가 다시금 끓어오른 것이다.

"아니, 간단한 마법도 아니고! 고급 공간마법을 영창하고 있는데! 그것도 지팡이도 없이! 그 상황에 옆에서 누가 뭐라고 하는 말을 했는지 그걸 기억하는 것도 모자라서 그게 대강 엘프어인 것까지 아는 게 얼마나 대단한 건 줄 아십니까? 얼핏 낮은음으로 웅얼웅얼거리던 것 같으니 다크엘프의 언어인 것 같은데, 하여간 운 소협은 마법을 제대로 모르니 그런 천하태평한 말을 하시는 겁니다. 제가 잘 가르쳐 드렸잖습니까? 벌써 잊으신 겁니까?"

"……."

"그나저나, 방이라도 얼른 치워야겠습니다. 태학공자라면 바로 낌새를 눈치채고 우리를 추궁하고 고문해도 모자랍니다. 그러기에 해가 뜨기 전까지 오라고 제가 말씀드렸지 않습니까? 안 그래도 아슬아슬한데, 이러다가 진짜 큰일 나는 건 아닌지……."

똑똑.

"안에 계십니까?"

기별 소리가 들리자 로스부룩의 표정은 완전히 내려앉은 것처럼 변했다.

운정은 안심하라는 듯한 손짓을 한 뒤, 천천히 방문으로 걸어가서 방문을 열었다.

밖에는 마인으로 보이는 이가 서 있었다.

"무슨 일이십니까?"

운정의 질문에 그 마인은 자기도 모르게 그의 방 안을 훑어보던 것을 멈추고는 헛기침을 했다.

"크흠. 교주께서 찾으십니다. 허, 한데 방 안이……."

"아, 로수부루께서 마법을 시연하셔서 그렇습니다."

"마법을 익히고 계셨군요. 시녀들에게 말해서 방을 치우라 하겠습니다. 다만, 운 소협께서는 지금 가셔야 합니다."

"로수부루께 인사만 드리겠습니다."

그렇게 말한 운정은 로수부룩을 보며 이계의 공용어로 말했다.

"S'ti thgirla."

"Yeko. doog."

운정은 그를 향해 살짝 미소를 짓더니, 문 밖으로 나왔다.

"그럼, 안내를 부탁드리겠습니다."

마인은 포권을 취하곤 특유의 자신감 넘치는 걸음으로 운정을 안내했다.

일다경 정도 걸어 그들이 도착한 곳은 손님을 맞이하는 접견실. 운정이 처음 천마신교에 왔을 때 교주를 만났던 그 방이었다.

그 방에는 중앙을 기점으로 두 부류의 다양한 사람들이 있었는데, 한쪽은 교주가 주축이 된 천마신교의 교인들로 보였고, 다른 쪽은 복장부터가 백도로 볼 수밖에 없는 백도의 인물들이었다.

다행히 공간마법에 관한 일은 아닌 것 같았다.

운정이 그 방에 들어오자, 백도의 인물들은 흥미 반 의심 반을 적절히 섞어놓은 듯한 눈빛으로 그를 바라보았다.

혈적현이 그를 소개하며 말했다.

"무당파의 마지막 제자인 운정 도사이시오. 그는 선공(仙功)을 익혔는데, 아시다시피 무당산의 정기가 사라져 선기까지도 모두 사라져 버렸소."

그의 말이 끝나기 무섭게, 흡사 호랑이처럼 생긴 건장한 중년의 남자가 머리만 한 두 팔뚝으로 팔짱을 끼며 크게 말했다.

"그 말을 지금 믿으라는 것이오? 아주 마교에게 사정 좋게 일이 풀렸소?"

접견실의 공기가 무겁게 가라앉았다.

교주의 양옆에 서 있던 두 호법부터 시작해서, 그의 옆에 있던 주하와 사무조까지도 강렬한 마기를 내뿜으며 백도의 인물들을 위협했다.

운정은 백도의 인물들에게 포권을 취하며 말했다.

"인사드립니다. 무당의 운정입니다."

중년의 남자는 머리털 하나하나까지 세려는 듯 그를 노려보았고, 다른 백도의 고수들의 눈빛도 별반 다르지 않았다.

다만 백도의 인물들 중 가장 중심에 있던 백미백발의 노인만이 지극히 현묘한 눈빛으로 운정을 지그시 바라보았다. 운정은 그에게 느껴지는 현기(玄機)에, 그가 극도로 정순한 내공으로 지고한 경지를 이룩한 사람인 것을 느낄 수 있었다.

그가 말했다.

"곤륜(崑崙)의 무허진선(無虛眞仙)이오. 오랜만에 극(極)의 학생(學生)을 보게 되어 기분이 좋소. 지금껏 세속에 나와 이만한 옥면(玉面)을 본 적이 없는 것 같소."

곤륜파(崑崙派).

그들은 중원보다 서역에 가까운 곤륜산에 위치한 도교 문파였다.

그곳은 위치적으로 세속과 먼 곳이라, 한평생 동안 이름 한 번 떨치지 않고 조용히 살다 조용히 죽는 제자들이 대부분이며, 중원 전체가 무너져 내릴 만한 일이 없는 한 곤륜에서 나오지 않는 것으로 유명했다.

구파일방에 속하면서도 워낙 알려진 것이 없어 신비문파로 손꼽히는 곤륜파는, 그 순수 무위만 놓고 봤을 때 과거 삼강(三强)으로 알려진 소림파, 무당파, 화산파와 견줄 수 있고 혹은 그 이상이라고 말하는 사람도 많았다.

다만, 그들은 중원에 아무런 영향력도 없기에 크게 거론되지 않는 것이다.

운정은 스승님이 그나마 인정했던 도교의 집단인 곤륜파

사람을 실제로 보니, 과연 스승님의 말이 맞다는 것을 인정하지 않을 수 없었다.

그의 전신에서 잔잔히 흐르는 기의 흐름은 이대로 우화등선을 한다고 해도 이상할 것이 없을 정도였다.

그가 공손히 포권을 취하며 말했다.

"허(虛)의 어른을 뵈오니 저 또한 감회가 새롭습니다. 스승님께서 언젠가 극의 공부만큼 신묘한 것은 이 세상에 없지만, 그나마 견줄 수 있는 것은 허의 공부라고 하셨는데, 그 의미를 알 것 같습니다."

무허진선은 따뜻한 미소를 지으며 말했다.

"극과 허 중 무엇이 높은지 논쟁하는 것도 재밌지. 하지만 단지 그렇게 말하면 여기 을(乙)께서 섭섭해하지 않겠소? 그렇지 않나, 종남뇌검?"

종남뇌검이라 불린 그 중년의 남자는 무허진선을 흘겨보더니 그의 외모와 전혀 맞지 않은 작은 소리로 말했다.

"그런 고리타분한 무학에 대해선 잘 모르오. 제 장남 녀석이 좋아라 할 테니, 언제 그놈이랑 이야기하십시오."

"허어. 어찌 그리 말하시는가? 종남의 태을(太乙)과 무당의 태극(太極)과 곤륜의 태허(太虛)는 다 똑같은 것을 인간의 한계로 인해 달리 해석한 것뿐인데."

"됐소. 그나저나 맹주께서 보시기엔 그가 무당의 제자가 맞는 것 같소?"

"본신내력은 그 사람의 말뿐만 아니라 걸음걸이 하나에도 흔적을 남기지. 그는 무당의 제자가 맞네."

"끄응. 맹주가 맞다면 뭐, 맞겠소!"

종남뇌검의 말에 무허진선은 소리 없이 웃고는 혈적현을 보며 말했다.

"교주, 어째서 무당의 마지막 제자가 천마신교에 있게 되었는지 그 경위를 알고 싶소."

혈적현은 몸을 앞으로 하며 팔을 모으더니 말했다.

"맹주, 맹주가 요구한 대로 무당의 마지막 제자를 확인시켜 주었으니, 이제는 내가 묻는 질문에 답해 주어야 하는 차례 아니오?"

무허진선은 자신의 이마를 콩콩 때리며 대답했다.

"아차차, 내가 하산하고 맹주가 된 지는 꽤 되었지만, 이 백도의 영웅들께서 각자 스스로가 맡은 일에 열심인지라, 내가 그리 하는 일이 없어 아직도 세속의 문화를 잘 알지 못하오. 그 점, 이해 바라겠소. 그러면 아까 어떤 질문을 하셨는지 다시 여쭈어도 되겠소?"

혈적현이 대답했다.

"급한 일이라고 기별도 없이 맹주가 직접 장로들을 이끌고 나를 만나자고 한 이유에 대해서 묻고 싶소."

무허진선은 방긋 미소를 지었다.

"아이쿠, 설마 우리가 전쟁이라도 할까 그러시오? 들어오는 길에 우리가 가진 모든 검을 내주지 않았소? 검을 만병지왕이라 섬기는 우리들이 과연 검도 없이 여기서 혈전을 하려 할까?"

혈적현의 이마에서 힘줄 하나가 솟아올랐다.

"그러니까, 용무가 무엇이오. 화산의 관계된 일이라고 하지 않았소?"

무허진선은 혀를 찼다.

"어허, 쯧쯧쯧. 십만의 교도를 다스리는 대천마신교 교주께서 이 정도의 참을성도 없이 어떻게 그 수많은 교도들을 이끄시려고 그러시오? 뭐든 급히 진행하다 보면 꼭 실수하게 마련이고 그래서 이게……."

"아 좀, 그냥 말하시오. 예?"

놀랍게도 무허진선의 말을 자른 사람은 천마신교의 인물이 아닌 종남뇌검이었다.

그는 답답한지 자기 가슴을 퍽퍽 치더니 혈적현에게 말했다.

"교주, 이 맹주라는 작자가 원래 말이 많고 빙빙 둘러서 말하는 버릇이 있어서 무림맹 내부에서도 답답해 죽어 버린 장로들이 산을 이룰 지경이니, 이해하시오."

"……"

혈적현이 아무 말도 하지 않자, 무허진선이 말을 이었다

"어허, 이 사람아. 내가 이제 막 말을 하려 하지 않는가. 그런데 장로라는 사람이 밖에서 이렇게 맹주를 홀대하면 다들 무림맹의 기강을 어찌 생각하겠는가? 내가 방금 교주에게 참을성에 대해서 논하였는데, 종남파를 책임지는 태을소군 자네가 이렇게 나오면 곤란하네. 자네 도명에 왜 소(小) 자가 들어갔는지… 자네 사부님이 무슨 생각으로 그런 도명을 하사하셨는지 생각해 보게나."

종남뇌검이라는 휘황찬란한 별호를 지닌 그의 도명은 태을소군이었다.

그는 자신의 도명이 싫어 종남뇌검으로만 불리기를 원했는데 무허진선은 그것을 알고 묘하게 비꼰 것이다.

태을소군의 얼굴은 금세 붉으락푸르락해지더니 앞에 놓인 상을 쾅 하고 내려쳤다.

쿵!

"아, 됐소. 내가 말하지. 그, 화산에서 이계의 마법사가 나타났다고 연락이 왔소. 무당산의 정기처럼 화산의 정기도 홈치려고 했다고 말이오."

그 충격적인 소식에 혈적현은 사무조를 보았다. 사무조는 혈적현을 마주 보지 않았는데, 이는 몰랐다는 신호였다.

혈적현이 눈빛을 차갑게 빛내며 말했다.

"화산에 그런 일이 일어났다라… 무당산의 정기가 사라진 일에는 마교가 개입하지 말라고 그리 신신당부하더만, 이제는 그 일이 화산에까지 번지니 우리가 개입하길 원하는 것이오?"

태을소군은 혈적현의 눈빛을 은근슬쩍 피하면서 말했다.

"아니, 우리가 언제 신신당부를 했소? 그냥 우리 쪽 일이니, 마교에 폐를 끼치고 싶지 않아서 그런 것이지. 그리고 무당을 멸문에 이르게 한 건, 응? 엄밀히 말해서 마교 아니오? 그러니 혹시 모를 그런 것도 있고 해서 그런 거지. 뭐. 크흠."

"무슨 뜻이오, 그게? 우리 마교가 무당산의 정기를 갈취했을 것 같아 그랬다는 것이오?"

"아, 아니. 참 나. 그런 말이 아니잖소. 교주. 내 말은 화산파의 큰 어른인 태룡향검은 응? 그 무림맹뿐만 아니라 마교에도 큰 기둥이 되시니까, 마교에 계신 태룡향검께 이야기를 직접 전해 드리고자 한 것이오. 무림맹은 그런 의심을 하진 않았소."

"그럼 이리들 몰려온 이유는 부교주를 뵈러 왔다는 것이로군. 그런데 부교주를 보기 위해서 이렇게 많은 인원이 올 필요까지 있었소?"

그 질문에 말이 막힌 태을소군은 당황한 눈치로 옆의 무허진선을 보았다. 무허진선은 포근한 미소를 입에 머금더니 자신의 백미를 천천히 쓸면서 말했다.

"그것이 화산에서 이상한 이야기가 전해져서 말입니다. 태룡향검이 실종되었다고 들었는데, 그 부분이 진실인가 해서 말이오. 우리가 알기로는 태룡향검께선 마교에 잘 계시는 걸로 아는데, 어떻소? 우리에게 진실을 말해 주겠소, 교주?"

"개방도 많이 죽었군. 맹주가 그 사실을 몰랐다니, 상당히 의외이오. 그 정도 정보는 당연히 알고 있으리라 생각했소."

"개방은 전 중원의 백도를 그 영역을 하고 있어, 청룡궁이나 무림맹 한쪽의 편을 들 수 없는 상황이오. 그들은 철저히 중립을 표방하며 양쪽 모두의 정보꾼이 되어 주고 있지만, 그렇기에 그들의 정보를 완전히 신뢰할 순 없소. 교주."

"그럼 이미 알긴 알았다는 것인데, 그것을 확인하고 싶어 이곳에 온 것이라 봐도 되겠소, 맹주?"

"교주, 태룡향검은 어떻게 되었소?"

혈적현과 무허진선은 서로를 마주 보았다.

서로의 눈빛이 공중에서 불꽃 튀듯 할 법하지만 그런 일은 없었다. 무허진선의 두 눈동자는 무엇보다도 생동감이 있었으나, 무엇보다도 속이 비어 있는 듯한 묘한 빛을 내었다.

때문에 혈적현의 강렬한 눈빛은 그대로 무허진선의 두 눈동자로 빨려 들어가는 듯했다.

사무조가 입을 가리고 전음을 하려고 하는데, 혈적현이 팔을 꽉 하고 들어 그를 막았다.

그러곤 그는 품속에 손을 넣더니, 하얀색으로 된 짧은 막대기 같은 것을 꺼내 상 앞에 놓았다.

마기도, 투기도, 방 안의 모든 기운이 완전히 멈춰 버렸다.

백도의 고수로서 모두들 민감한 기감을 가진 터라 혈적현이 꺼내 놓은 것이 무엇인지 단번에 깨달을 수 있었다.

일여 년 전 있었던 무공마제와 심검마선의 혈전.

천마신교의 진정한 교주를 판가름한, 두 절친한 친우 사이의 혈투에서 무공마제는 자신이 본신내력인 공방십이보(工房十二寶) 중 절반인 공방육보(工房六寶)만 사용하여 심검마선을 물리쳤다고 알려져 있다.

그때 사용한 공방육보(工房六寶)에 대한 정보는 전 중원에도 퍼져 이지육보(已知六寶)라고 불리며 그때 사용하지 않은 공방육보는 미지육보(未知六寶)라 불린다.

진보(辰寶)는 이지육보 중 가장 핵심적인 것으로 그것이 있는 공간에선 검기도 검강도 모조리 소멸한다고 알려져 있었다.

그것은 집약된 기운(氣運)을 상대할 수 없는 기계공학의 치명적인 단점을 보완한다.

그것을 밖으로 꺼내 놓았다는 것은 어떠한 가공할 마기를 발산하는 것보다 더욱 큰 두려움을 백도의 고수들에게 심어 주었다.

무공을 모르는 범인의 몸으로 입신에 든 고수조차 상대할 수 있게 만드는 그 신물 앞에서, 두려움을 느끼지 않으면 무엇을 느끼겠는가?

모든 이의 마음속에 스며든 두려움은 곧 분노로 표출되었다. 태을소군은 당장에라도 장력을 뿜어 낼 것처럼 혈적현에게 큰 소리로 외쳤다.

"교주! 그 요망한 신물을 꺼낸 저의가 무엇이오! 우리는 우리의 분신이라 할 수 있는 검을 모두 내어 주고 이곳에 앉아 있소! 우리 무림맹은 천마신교와 전투를 할 의지가 없다는 것을 우리의 생명을 걸고 표현한 것이오! 지금 교주의 행동은 그런 우리의 성의를 완전히 무시한 처사라 할 수 있소!"

그의 말은 지극히 합당했다. 사무조는 당황한 표정으로 빠르게 교주에게 전음을 전했다.

[현 상황에 무림맹과 척을 지는 것은 옳지 못합니다. 이들을 모두 어찌 하시려고 그러십니까?]

다른 이들과 다르게 지금까지도 평온한 표정을 유지한 무허진선은 생동감이 넘치면서 속이 완전히 비어 있는 듯한 그 현묘한 눈빛으로 지그시 혈적현를 바라보았다.

혈적현은 그 눈빛을 여유롭게 받으면서 몸을 뒤로 가져가며 편하게 했다.

모두가 숨죽인 채 혈적현을 바라보는데, 혈적현은 더할 나
위 없이 평온한 표정으로 말했다.

"잘 알려진 대로 이것이 진보이오. 그 효과를 정확히 말하
면 주변의 기운을 정지시켜 아무리 강력한 의지를 동원한다
해도 주변의 기가 집약되지 않소. 기가 흐르지 않으니, 이는
기운이 없는 것과 진배없소. 살아 있는 것이 전혀 없는 사막
한가운데 온 기분일 것이오."

무허진선은 자신의 백미를 만지작하며 말했다.

"곤륜에는 석봉(石峯)이 많지. 반경 일 리에 살아 있는 것이
전혀 없는 그런 민둥산도 많다오. 그래서 그런 곳에서 허(虛)
의 공부를 하면 기에 목마르는 것을 경험할 수 있는데, 지금
이 방 안이 딱 그런 느낌이군. 아무것도 느껴지지 않아. 이 정
도라면 발경을 해도 즉시 소멸하겠어. 내 말이 맞소, 교주?"

"그렇소, 맹주."

"그렇다면 결국 이곳에서 효능이 있는 것은 매개체에 담긴
내력뿐이겠군. 그리고 그것은 무엇을 매개체로 삼느냐가 중하
고. 아하! 오호라! 그러하군! 그래서 심검마선이 진 것이로군!
심검마선의 심검은 매개체가 전혀 없는 완전한 기의 검이라
할 수 있으니, 기를 흩어 버리는 이 진보야말로 심검의 극상성
이라 할 수 있겠어! 아하!"

무허진선의 연속적인 감탄사에 태을소군은 어이없다는 듯 무허진선의 어깨를 툭 치며 말했다.

"아니, 맹주. 정신 차리시오. 지금 저 작자가 우릴 다 죽이려고 하는 거 아니라면 뭐겠소? 이 와중에 무슨 심검이 어쩌구저쩌구 할 때이오? 게다가 매개체가 중요하다면 검도 없는 우리들은 속수무책이오."

"……"

무허진선은 태을소군이 툭 친 자신의 어깨를 물끄러미 바라보았다. 그러곤 손을 들어 더러운 것을 털어 내듯 어깨를 탁탁 털면서 태을소군에게 시선을 돌렸다.

무허진선과 눈이 마주친 태을소군은 멋쩍은 표정을 짓더니 이내 눈길을 피하면서 말을 이었다.

"그, 어깨를 친 건 죄송하게 됐소. 내, 내가 그 버릇이오. 그게, 크흠. 의도치 않은 행동이니 너그러이 용서하시오."

무허진선은 한동안 부끄러워하는 태을소군을 묵묵히 지켜보다가 곧 시선을 돌려 혈적현을 바라보았다.

"그래서 이 진보를 우리에게 주려는 이유는 무엇이오?"

그 말에 혈적현과 무허진선을 제외한 모든 이가 경악했다. 사무조는 설마 하는 표정으로 혈적현을 보았는데, 혈적현은 아무렇지도 않다는 듯 담담히 말했다.

"화산의 일로 인해서 중원 전체에 이계의 개입이 확실해졌소. 중원의 오악은 중원 전체에 퍼진 만기(萬氣)의 근원. 그것이 사라지면 중원의 모든 기가 곧 메마를 것이오. 천마신교에는 태학공자가 있어, 마법에 어느 정도 대항할 수 있지만 무림맹에선 우리보다 한참 어렵다는 것을 잘 알고 있소."

"……."

"이것은 양날의 검이오. 마법을 사용할 수도 없지만, 검기나 검강도 사용할 수 없게 되오. 무허진선이라면 이를 지혜롭게 활용하여 이계의 습격에도 잘 대항하리라 믿소."

무허진선은 혈적현에게서 진보로 시선을 옮겼다. 그것을 지그시 바라보던 무허진선이 말했다.

"정확한 용도는?"

"그것이 '보일 수 있는' 공간의 자연의 기운을 멈추오. 즉 품속에 넣으면 그 안뿐이지만 밖으로 꺼내 놓으면 범위가 넓어지지."

"거리의 한계는?"

"그것은 나도 확언을 못하겠소. 태학공자가 유추한 것은 한 공간이오. 즉 사람이 공간을 구분하는 정도의 영역이라 할 수 있소."

아무도 그 말을 이해하지 못했지만, 무허진선은 딱 한마디로 정리했다.

"이곳과 저곳, 그리고 그곳의 차이로 봐도 되겠소?"

혈적현의 입이 살포시 벌어졌다. 그의 말을 단번에 알아들은 것과 동시에 완전히 이해했다고 볼 수밖에 없기 때문이다.

"그렇소, 맹주."

무허진선은 고개를 끄덕이더니, 손을 들어 그 진보를 자신의 품에 넣었다. 그러자 다시 방 안의 기류가 흐르면서 모든 것이 정상으로 돌아왔다.

무허진선이 말했다.

"화산에서 보낸 서신은 상황을 자세히 설명하고 있소. 교주께서도 알아두셔야 할 정도로 중요한 점은 이계의 마법사가 정기를 훔치는 데 성공하지 못했다는 것과, 그를 상대하다가 매중선 안우경이 죽었다는 것. 그리고 화산의 이석권 장로를 제외한 모든 일대제자와 수많은 이대제자들까지도 몰살을 당해 이제 화산은 거의 봉문 지경에 다다랐다는 것이오."

솔직한 그 말에 태을소군은 무허진선의 어깨를 다시금 툭 치려 했다.

그런데 무허진선이 먼저 고개를 돌려 태을소군을 보니, 어정쩡하게 들었던 손을 슬쩍 다시 내릴 수밖에 없었다.

"아, 그, 그런 걸 다 말해 주면 어떻게 합니까, 맹주. 정말 답답하네. 진짜."

태을소군은 다시금 고개를 은근슬쩍 돌리며 기어가는 목소리로 궁시렁거리기 시작했다. 무허진선은 그에게서 시선을 떼고 혈적현을 바라보며 말을 이었다.

"그 서찰에는 부교주의 실종을 언급하는 내용이 있었소. 마치 무림맹이 그것을 당연히 아는 것처럼 쓰여 있었지. 하지만 우리는 들은 소식이 없소. 그래서 마교를 의심하여 교주께 시시비비를 가리려고 온 것이오. 마교가 혹시라도 태룡향검을 죽인 뒤, 실종으로 몰고 화산의 세력을 약화시켜서 무림맹과 전쟁이라고 할까 해서 말이오."

혈적현은 백도의 고수들을 천천히 바라보면서 말했다.

"그래서 다들 몰려왔군."

무허진선은 고개를 끄덕였다.

"이들은 대부분 검이 아니라 권과 지, 그리고 장을 본신내력을 삼는 이들이오. 검을 내어 주었다고 하고 여차하면 다같이 교주와 함께 생사혈전에 들어가려 했소. 여기 오기 전에 다들 자기 가족과 인사도 나누고 했지. 우려하던 일이 없어서 다행이긴 하지만 말이오."

너무나 솔직한 말이 연속적으로 이어지자, 이젠 다들 놀라기도 지쳤다.

혈적현은 대수롭지 않다는 듯 대답했다.

"대강 예상은 했었소. 그래서 내가 진보라도 주지 않으면 믿지 않을 거란 판단이 선 것이오. 사실 이런 더러운 일에 맹주 본인이 직접 나선 것은 대단하오."

"솔선수범이지. 어차피 본 파에는 나 말고 맹주를 할 만한 자들이 많고, 또 맹주인 내가 직접 암살을 하러 왔겠느냐 하며, 천마신교에서도 의심하지 않을 것 아니오? 그래서 직접 왔지."

사무조는 그 말에 진심으로 감탄하지 않을 수 없었다.

이 만남이 성사되기 직전 자기가 부하들에게 했던 말이 바로 '맹주가 직접 와서 소동을 일으키겠느냐? 그냥 호법 둘이면 될 것이다. 검도 없지 않느냐?'였기 때문이다.

혈적현은 작은 미소를 지으며 말했다.

"그렇군. 세속과 동떨어져 수련을 쌓은 도사의 생각이라곤 보기 어렵소만."

"최근 무림맹에선 극악마뇌만큼이나 뛰어난 모략가를 섭외했지. 아주 고집이 세서 모시는 데 죽을 맛이었지만 정작 무림맹 소속이 되니 목숨을 걸고 일을 하고 계시오. 그런 성정이었으니 그리 고집을 피운 것이겠지만, 안 그렇소, 종남뇌검?"

종남뇌검은 혀를 내두르며 말했다.

"왜요? 이참에 무림맹의 기밀까지도 다 이야기하시지요? 예?"

무허진선은 눈을 동그랗게 뜨며 말했다.

"그게 무슨 소리인가? 내가 마교의 끄나풀이라도 되라는 말인가? 어허. 이 사람. 원래부터 이상한 말을 자주 했지만, 최근 더 늙은 것 같아."

"…아후. 내가 말을 말지."

혈적현은 그들을 보다가 말했다.

"그래서 앞으로 중원오악의 정기를 지키는 일은 어떻게 했으면 하오? 무당산은 그렇다 쳐도 오악의 정기는 지켜야만 할 것이오."

무허진선은 다시금 눈을 동그랗게 뜨더니 말했다.

"교주가 아까 말하기를, 내가 요구 사항을 들어주었으니 이젠 본인의 요구 사항에 대답해 달라 하지 않았소? 그러니, 내가 지금 교주의 질문에 다 대답을 하였으니, 이젠 다시 내 용무을 볼 차례 아니겠소?"

혈적현은 팔짱을 꼈다.

"좋소, 맹주. 다른 용무는 무엇이오?"

"무당의 마지막 제자를 보자고 했으니, 물을 것을 물어야지. 운정 도사. 왜 도사가 마교에 있소? 아직 신선이 되기를 원한다면 우리 곤륜산에 있는 것은 어떻소? 곤륜산에는 무당산만큼이나 현기가 흐르오. 분명 운정 도사도 좋아할 것이오."

그 이야기를 들은 운정의 두 눈이 부릅뜨였다.

그러고 보면 처음부터 그는 무림맹에 가려 했다. 정말 당연한 사실로서 무당파는 백도 중 백도이고, 백도의 혈맹인 무림맹이야말로 그를 인정하고 받아 줄 수 있는 곳이기 때문이다.

만약 지금 막 출도했다면 그의 제안을 수락했을 것이다. 하지만 일련의 사건을 겪은 운정은 처음 중원을 출도했던 그 운정이 아니다.

운정이 말했다.

"제가 은거를 깨고 나왔을 때 무당은 이미 멸문했으며, 무당산의 정기가 사라져 무당의 모든 무공이 그 의미를 잃은 상태입니다. 제가 곤륜산에 가서 다시 신선이 되려 한다면 그것은 무당의 공부로가 아닌 곤륜의 공부로 되는 것이고 그렇다면 제겐 큰 의미가 없습니다."

무허진선의 두 눈이 작게 빛났다.

"도사의 본분은 신선이 되는 것. 그 과정에서 어떠한 길로 걷는 것이 그리 중요하다는 것이오, 운정 도사? 이 길로 가거나 저 길로 가거나 어느 길로 걸어가든 그 끝에는 태(太)가 있소. 거기에 도달하는 데 을이나 허나 극은 중요하지 않은 것이오."

운정은 공손히 포권을 취했다.

"가르침은 감사하나, 제 사부께서 살아생전 제게 일러 주신 것을 소화하기에도 벅찹니다. 이 우매한 머리로는 제 사부님의 것을 온전히 담기도 버거우니, 거기에 더하여 가르침을 내려 주신다 할지라도 이를 마음에 받아들일 수 없을까 염려됩니다."

운정을 제외한 모든 이들의 얼굴에는 각양각색의 표정이 떠올랐다. 그러나 그들이 머리로 생각한 건 단 하나였다.

무당파다.

이놈은 진짜 무당파다.

무허진선은 고개를 몇 차례 끄덕이더니 말했다.

"과연 극의 학생이로군. 하지만 운정 도사의 사부님께서 내려 주신 가르침은 무당산의 정기가 있을 때 그 의미가 있소. 운정 도사가 방금 말한 것처럼 모든 무당파의 가르침은 무당파의 정기가 없다면 그 의미를 잃어버리기 때문이오. 마치 물이 없는 곳에서 수영을 배우겠다는 것과 다름없소. 그런 어리석음을 고집하는 이유가 무엇이오?"

핵심을 꼬집는 무허진선의 말에 운정은 잠시 고민하더니 곧 자신의 생각을 정리해서 말했다.

"사실 전 무당파의 제자라고 하기에 부족함이 많은 사람입니다. 그저 외딴 골짜기에서 사부님에게 무당파의 가르침을 받고 또 귀로 들었을 뿐, 무당파 내부에서 생활하진 않았습니다."

"흐음. 그 뜻은 자네는 무당파의 가르침에 고집을 피우는 것이 아니라 사부님의 가르침에 고집을 피운다 이 말이오?"

"그것이……."

운정은 말끝을 흐렸다.

사람들은 그가 더 이상 무허진선의 말솜씨를 감당하지 못했다고 생각했다.

그러나 무허진선은 운정이 그저 개인적인 이야기를 공개적으로 하고 싶지 않아한다는 것을 눈치챘다.

무허진선이 말했다.

"천마신교의 묶인 몸이 아니라면 오늘 중으로 무림맹에 찾아와 보시오. 그래도 하나에서 갈라져 나온 형제인데, 그대의 생각을 듣고 싶소. 앞으로 무당파를 어찌 일으킬지도 궁금하고."

운정은 다시금 포권을 취했다.

"감사합니다만 혹시 한 가지를 여쭈어도 되겠습니까?"

무허진선이 대답했다.

"흠, 뭐든지 물어보시오."

"제가 처음 은거를 깨고 나온 이유가 바로 무당산의 정기가 사라졌기 때문이었습니다. 그때 화산의 매화검수들과 마주쳤는데, 지금까지 그 인연이 이어지고 있습니다. 그래서 혹시나 해서 묻는데 이번 화산의 이변에서 매화검수들은 어떻게 되었습니까?"

무허진선은 백미를 쓰다듬더니 말했다.

"매화검수 중 한 명이 죽었다고 들었소. 한 씨 성을 가졌던 것 같은데, 정확하게 누군지는 모르겠군. 부단주라고 했소만?"

"그럼 혹시 단주는 어떻게 되었습니까?"

"단주? 단주라 함은 검봉을 말하는 것이오?"

"그렇습니다."

"……."

"……."

침묵이 찾아왔지만, 그것은 많은 의미를 내포하고 있었다.

무허진선은 백미를 만지작하며 말했다.

"그것이 궁금한 이유가 무엇인지 알 수 있겠소?"

운정은 중인들을 둘러보았다. 모두들 그의 말을 기다리는데 그는 말끔하게 진실을 말했다.

"연모하는 사이입니다."

무허진선의 눈에 실망의 빛이 스쳐 지나갔다.

백미를 만지던 손을 멈춘 그는 깊은 숨을 마시고 내쉬더니 혀를 찼다.

"쯧, 무당도 꽤 세속적으로 변했소. 무림의 대소사에 그리 관여하지 말라고 내 꾸준히 일렀지만, 그때마다 검선은 세속을 향한 측은지심을 저버릴 수 없다는 말을 했었지. 이제 마지막 남은 무당의 제자가 이렇게 된 것을 보니, 그가 했던 말은 그저 자신의 명예욕을 숨기기 위한 허황된 말임을 확신하게 되었소."

　백도의 무인들도, 마교의 교인들도 운정의 기분을 읽어 보기 위해서 그의 얼굴을 살폈다. 이런 도발에 어떻게 반응하느냐에 따라 사람의 그릇을 쉬이 알 수 있기 때문이다.

　어떤 이는 울분을 생각했다. 어떤 이는 분노를 생각했다. 어떤 이는 통한을 생각했다.

　하지만 운정의 얼굴에 떠오른 감정은 그 누구의 예상도 하지 못한 것이었다.

　허무(虛無).

　"도(道)라는 것은 어딘가에 의지하지 않고는 바로 설 수 없는 것입니다. 그것이 태악(泰嶽)의 현묘함이든, 천지간의 조화이든, 사람의 감정이든, 무언가에 그 근원을 두게 마련입니다. 그 근원이 단단한 것일수록 그 공부가 단단합니다. 누가 감히 무당산의 정기를 한순간에 없앨 수 있겠습니까? 그토록 단단한 것에 의지했기에, 무당파는 지금까지 존속된 것입니다. 하지만 이젠 그런 것이 없습니다."

　"……."

　"이계와의 접촉으로 인해 중원인이 영원불멸(永遠不滅)이라고 믿어 의심치 않았던 무당산의 정기가 사라졌습니다. 더 이상 단단한 것이 단단한 것이 아니고 유약한 것이 유약한 것이 아니게 되었습니다. 사람의 이성과 감정처럼 가볍기 그지없는

것을 근원으로 삼은 마(魔)의 공부나 태산의 정기처럼 천년만
년 동일한 것을 근원으로 삼은 정(正)의 공부나 무엇 하나 단
단하지 않고 무엇 하나 유약하지 않으니, 더 이상 백도가 혹
도보다 안전하지도 혹도가 백도보다 불안정하지도 않습니다."

"……"

"중원은 새로운 시대를 맞이하여 무엇이 단단한지 무엇이
유약한지에 대한 기준이 바뀌었습니다. 그로 인해 새로이 정
의된 그 기준 속에서, 무엇보다도 단단한 것에 근원을 둔 도
를 따르는 것이 바로 백도(白島)이며, 바로 사부님께서 제게 일
러 주신 무당입니다."

지금까지 단 한 번도 악감정을 표출하지 않았던 무허진선의
두 눈에는 작지만 분명한 분노가 꽃피웠다.

"그래서 운정 도사의 사부님께서 운정 도사에게 여인과 노
닥거리는 것이 무당이라 말하셨소?"

또 다른 도발에도 운정은 차분한 목소리로 설명했다.

"여인과의 애증은 가볍고 또 불안정합니다. 때로는 모든 것
을 태워 버릴 듯 타오르고 때로는 언제 있었냐는 듯이 증발
해 버리고 마는 것입니다. 그렇기에 도사는 여인을 멀리해야
한다고 배웠습니다. 하지만 전 다른 것을 느꼈습니다. 분명 가
벼웠지만 그 속에는 무엇보다도 서로를 먼저 생각하고 믿어
주는… 무엇보다도 단단한 것을 말입니다."

"……."

"저도 잘 모르는 것이라 설명하기 어렵습니다만, 그 속에서 전 흑도가 아닌 백도를 보았습니다. 무허진선께서 그리 꾸짖으신다 해도 할 말은 없습니다만, 선기가 없어 유약해질 대로 유약해진 제 마음이 가장 크게 성장하게 된 데에는 검봉께서 절 연모하고 또 믿어 주는 마음이 컸습니다."

무허진선이 아무런 말도 하지 않자, 태을소군이 고개를 크게 끄덕이며 말했다.

"완전 생도사인 줄 알았는데, 꽤 옳은 말도 하는구나. 맹주. 맹주는 아마 죽었다가 깨어나도 모를 것이오. 집에서 기다리는 아내와 자식 놈들을 보며 느끼는 그 감정을 말이오. 그건 정말이니 이 세상에 무엇과도 대체할 수 없는 단단한 걸 내 마음속에 심어 주오."

무허진선은 끝까지 말을 하지 않았다.

세속과 가장 동떨어져 있는 곤륜은 도사에게 가장 치명적인 욕구가 바로 성욕이라 가르치며, 세속에 나온 그가 지금까지 느꼈던 욕구 중 가장 위험한 것 또한 성욕이었다.

지식으로도 경험으로도 여인을 멀리해야 한다고 믿는 무허진선에게 있어, 그나마 가장 비슷한 도사의 길을 걷는 무당의 운정이 하는 그 말을 그대로 받아들이기엔 너무나 마음이 어지러웠다.

혈적현은 그 대화를 천천히 듣다가 이내 입을 열었다.

"보아하니, 운정 도사는 무림맹에 가지 않아도 될 것 같소. 그렇지 않소, 맹주?"

무허진선은 자신의 수염을 탁 하고 치더니 말했다.

"천마신교에서 무엇을 위해 무당의 마지막 제자들을 데리고 있는지 알 수 없구려. 철천지원수라해도 좋을 관계일 터인데."

혈적현은 양손으로 펼쳐 무림맹의 고수들을 가리켜 보이며 말했다.

"은원을 하나하나 따진다면 여기서 생사혈전을 하겠다고 할 사람도 많소. 당장 옆에 계신 종남뇌검만 하더라도, 형님인 종남신검을 심검마선에게 잃으셨지. 또한 여기 있는 주 소저 또한 그녀의 동료들을 낙양지부 때의 전투에서 많이 잃었소. 하지만 우리 양쪽 다 부교주의 말을 기억해야 할 것이오. 우리가 서로 분쟁한다면, 결국 둘 다 자멸하는 꼴밖에 되지 않소. 청룡궁도, 이계도, 혈교도, 또 수많은 문파들이 겉으로는 잠잠해 보이지만 본 교와 무림맹이 전쟁을 치르기만을 고대하고 있소."

혈적현의 말은 너무나 타당한 말이었다.

일여 년 전, 무림맹과 천마신교 간의 정전협정이 세워졌을 때에, 각기 소속 문파들과 가문들은 서로에게 가진 모든 은원을 모두 잊겠다고 맹세했었다.

지금까지의 분쟁으로 인해 무림맹은 소림과 무당, 태원이가와 기타 동쪽의 군소문파들을 손실했다.

천마신교는 두 교주와 장로들, 그리고 천살가 및 각종 북쪽의 지부를 손실했다.

더 이상 분쟁을 지속할 수 없다는 양쪽 지도자의 공통적인 생각과 그것을 하나로 이끌 수 있었던 태룡향검 나지오의 외교로 인해서 지금의 상황이 만들어졌다.

아슬아슬하지만, 그런대로 유지되는 평화다.

그것을 깨뜨릴 수 있는 발언을 한 무허진선은 자신의 말실수를 인정했다.

그는 포권을 취하며 운정에게 말했다.

"상선약수(上善若水)… 운정 도사. 나이만 헛먹은 이 늙은 도사를 용서하게. 세속에 나와 부끄러운 실수만 하는군."

운정은 포권을 마주 취하며 말했다.

"세속에 나와 제 자신을 돌아보니 제가 얼마나 추한 자인지 알게 되었습니다. 제가 한 실수에 비하면 무허진선께서 하신 말실수는 실수라 할 수도 없는 작은 것입니다."

"시간 되시면 무림맹으로 꼭 찾아오시오. 허심탄회하게 이야기하고 싶소. 이는 회유하려는 것이 아니라 그저 무당의 마지막 도사와 함께 도에 대해서 논하고 싶은 것뿐이오."

운정은 혈적현의 시선이 느껴졌지만 그것을 무시하곤 말했다.

"가능한 한 오늘 저녁 중으로 찾아뵙겠습니다. 저도 태허의 공부에 대해서 이야기를 듣고 싶습니다."

"허허허. 이리 젊은 도사가 이리 너그러우니 과연 여인과 정을 통하는 것도 나쁘지만은 않은 것 같소. 허허허."

한결 부드러워진 분위기에 태을소군이 슬쩍 농을 더했다.

"맹주님께서 원하시면 본가의 어르신 중 아직까지 혼인을 하지 않으신 분을 소개라도 해드리겠습니다. 하하하."

중인들은 그를 따라 웃었다.

경직되었던 분위기가 풀리자 혈적현이 그들에게 말했다.

"이렇게 된 이상, 아예 천마신교와 무림맹의 지도부가 모여서 중원오악의 정기를 지키는 것에 대해 논의를 하는 것이 좋겠소. 어떻소, 맹주?"

무허진선은 고개를 끄덕이며 말했다.

"바로 할 수 있다면 바로 하는 것이 좋겠소."

"원한다면 무림맹에서 하겠소만."

"아니오, 교주. 우리 쪽에선 책사 한 명만 부르면 그만이니, 적은 인원이 움직이는 방향이 낫겠지. 그를 호출할 때까지 잠시 기다려 주시오."

혈적현은 사무조를 보았고, 사무조는 포권을 취하며 말했다.

"준비를 해 놓겠습니다, 교주님."

사무조는 자리에서 일어나서 천천히 걸어 나갔다.

그 와중에 운정을 빤히 쳐다보았는데, 운정은 그것이 같이 나가자는 눈치로 알아듣고 중인들을 향해서 포권을 취했다.

"그럼 저 또한 돌아가 보겠습니다. 맹주님께는 되도록 오늘 밤에 찾아가도록 하겠습니다."

"좋소. 벌써부터 기대되는군."

운정은 사무조와 함께 밖으로 나갔다.

*　　　　*　　　　*

방 밖에는 두 시녀가 기다리고 있었다.

하지만 비슷한 행색을 한 천마신교의 보통 시비와는 다르게 그녀들은 이런저런 화려한 치장을 많이 하고 있었다.

언제라도 전투에 임할 수 있을 법한 시비 복장이 아니라 고급 기방에서 보일 법한 화려한 궁장이었다.

겉으로 드러나는 모습이나 속에 내재된 내력을 봐도 전혀 무공을 모르는 것처럼 보였다.

그들은 사무조의 양팔에 쪼르르 붙어서 그에게 꼭 안긴 채로 따라 걸었다.

마치 고관대작과 그의 딸을 보는 것 같아, 운정이 물었다.

"여식 분들이십니까?"

사무조는 소리 없이 웃더니 말했다.

"내 머리 쓰는 게 일이라 평생 동안 잠을 제대로 못 잤었소. 하지만 하늘이 보기에 딱했는지, 노년에 내 잠을 도와줄 이 두 아이와 연을 닿게 하셨지."

"아, 그렇다면……."

운정의 말을 오른쪽의 여인이 운정을 힐끔거리더니 말했다.

"밤일을 도와주고 있죠, 호호호."

그러자 왼쪽의 여인이 운정을 힐끔거리며 말했다.

"혹 공자님도 잠이 잘 안 오시거나 하면 우리를 찾으세요, 위로해 드릴 테니, 호호호."

그 말에 사무조는 낮은음으로 기침 아닌 기침을 했고, 그러자 오른쪽의 여인이 사무조의 얼굴이 입을 살짝 맞추고는 말했다.

"조 랑께서 질투하는 건 오랜만이네?"

왼쪽의 여인이 맞장구쳤다.

"하아, 조 랑도 무당의 공자처럼 잘생겼으면 아마 질투하지 않으셨겠지. 못생겨서 그런 거야, 하여간."

사무조는 피식 웃고는 운정을 돌아보며 말했다.

"오른쪽이 희교. 왼쪽이 애교. 나와 함께한 건 십 년이 넘었지? 말은 이렇게 하지만 지금까지 다른 남자와 정을 통한 적이 없는 정숙한 여인들이니, 이상하게 생각하지 마시오. 그냥 농이 좀 심할 뿐이오."

그 말을 들은 희교가 입술을 삐죽이며 말했다.

"홍! 그럴 수밖에요. 이십도 안 된 꽃다운 나이부터 오십이 넘는 노인네 밤 시중을 계속 들었는데, 이 더럽혀진 몸을 어느 남자가 좋다고 자려 하겠어요. 이미 글러 먹었지 뭐."

애교도 그 말을 거들었다.

"솔직히 우리도 둘이 번갈아 시중 들지 않았다면 매일 밤 역겨워서 진작 자결했을 거야. 그렇죠, 언니?"

"맞아 맞아."

사무조는 눈을 딱 감고는 말했다.

"본 교에는 여인을 사람으로 생각하지도 않는 짐승 같은 놈들이 널렸다. 그나마 나한테 낙점된 것을 좋게 생각해."

희교는 운정을 돌아보더니 고개를 절레절레 흔들며 말했다.

"맨날 저 소리. 자기가 그나마 낫대요. 차라리 짐승이라면 밤에 날 만족이라도 시켜 주지, 이젠 제대로 서지도 않아요. 늙어 가지고, 에휴."

애교도 운정을 보더니 말했다.

"맞아 맞아. 제발 부탁이니 죽고 나면 우리를 제발 그 짐승 같은 사내들에게 보내줘요. 알았죠? 그제야 참된 운우지락(雲雨之樂)이 뭔지 알겠네."

운정은 미소를 지었다. 그러자 그를 보던 두 여인들이 얼굴을 붉히더니 고개를 획 하고 돌려버렸다.

사무조는 그런 그녀들을 한 번씩 내려다보더니 말했다.

"얼씨구? 너네 진짜!"

희교와 애교는 사무조의 팔을 꽉 붙잡으면서 그를 올려다보며 말했다.

"조 랑이 못생긴 게 문제에요."

"맞아, 맞아."

물끄러미 올려다보는 두 미녀를 내려다보던 사무조의 얼굴에는 곧 홍조가 피었다.

그는 민망한지, 고개를 앞으로 돌려버리곤 내치듯 그녀들이 잡은 양팔을 뺐다.

"됐다, 됐어. 이 늙은이를 놀려먹을 거면 다른 데나 가라."

그가 그렇게 말하자, 희교와 애교는 얼른 팔을 놔주더니 조금 빠른 걸음으로 앞서 나갔다.

희교가 말했다.

"좋아요. 그 짐승 같은 사내들이나 찾아서 같이 놀아 볼까?"

애교는 대답했다.

"좋아, 좋아."

그들은 색기 어린 두 눈빛으로 운정을 흘겨보고는 어린 소녀처럼 달려서 사라졌다.

사무조는 기가 빨렸다는 듯 얼굴을 쓸어내리며 걸음을 멈췄다.

운정은 그 두 시녀의 뒷모습을 보더니 말했다.

"연모하는 사이시군요."

사무조는 무릎을 짚고는 한숨을 푹 쉬었다.

"어렸을 땐 자폐증(自閉症)이 심해 아무것도 못했고, 성인이 되고선 못하던 공부와 무공을 익히느라 오십이 되도록 여자 하나 몰랐소. 그러다가 장로가 되고 나니까, 갑자기 화가 나는 거요. 내가 왜 그렇게 살아야 하나 하고 회의감이 들었지. 그렇다고 정상적으로 연애할 생각은 못하겠고, 뭐 결국 여비 (女婢) 둘을 사게 됐지. 그땐 여자를 워낙 몰라서 그냥 내가 즐겨 읽던 염정소설(艶情小說)에 나오는 것처럼 노리개처럼 부려 먹으려고만 했소. 근데 애들이 워낙 기가 세서 말이지. 십 년이 넘게 내가 부려 먹히고 있소, 하하하."

운정이 그를 돌아보며 말했다.

"그것이 오히려 행복한 것 아니겠습니까?"

사무조는 코웃음을 쳤다.

"흥, 행복이라… 아마 그래서 평생 능수지통 아래 있었나 보오."

"예?"

"이젠 과거의 인물이지만, 평생 이길 수 없던 숙적이었지. 내가 한 번도 그놈을 못 이긴 이유가 바로 저 몹쓸 년들 때문인 것 같소. 저년들 치맛바람에 허구한 날 허우적거렸으니 뭐. 말 다했지."

"……."

"아까 운 소협이 남녀 간의 치정(癡情)에 대해서 그리 묘사할 때는 꽤나 재밌게 들었소. 한데 정말로 검봉과 연인 사이라는 것이오?"

운정이 말했다.

"검봉은 자신의 자존심을 모두 내려놓고 저를 한결같이 연모하였습니다. 그리고 그 마음을 당당히 제게 밝히고 제 마음을 구했습니다. 그에 반면에 저는 아름다운 여인들과 정을 통하는 것을 은근히 즐기면서도 도사의 본분이라며 책임만은 회피하는 그런 추한 사람이었습니다."

"무슨 뜻인지 알겠소. 여자가 많이 따르는 어린 남자들이 자주 하는 실수지."

"그녀를 통해서 연심이 어떤 것인지 배웠고, 때문에 그녀에게 마음을 주기로 했습니다."

"아까 화산파의 일을 들었을 때 많이 걱정되었겠소?"

"바로 물어보고 싶었지만, 어르신들께서 대화하는 중이라 물을 수 없었습니다. 그 짧은 시간에도 그리 참기 어려웠던 것을 보면 애정이란 참으로 강렬하면서도 가벼운 것 같습니다."

사무조는 천천히 걷기 시작하면서 말했다.

"그 마음 나도 잘 알지. 아시다시피 천마신교는 겉만 멀쩡하지, 그 속에는 천인공노할 놈들이 너무나 많소. 무를 숭배하기에 필연적으로 나타나는 부작용 같은 것이지. 그들 중에 섞여 있다면 내가 이상한 건지 그놈들이 이상한 건지 알 수 없게 될 때도 많다오."

"……."

"회교나 애교나 그런 나를 사람으로 남게끔 지탱해 주는… 내게 가장 소중한 존재들이오. 마인들은 내 마음을 전혀 이해하지 못했는데, 무당의 도사가 설마 날 이해해 줄지는 몰랐소. 솔직히 까놓고 말해서 이젠 중원정복이니 하는 건 관심도 없소. 그냥 교주가 하라니까 하는 거지. 나는 그저 저 둘과 죽을 때까지 같이 살면 그만이오."

운정은 놀란 표정으로 물었다.

"지, 진심으로 하시는 말입니까?"

"진심이오. 재밌는 건 그런 태도가 오히려 날 살렸다는 점이오. 단 한 번도 이기지 못한 능수지통도 죽었소. 중원정복을 하리라고 믿어 의심치 않았던 성음청 교주도 죽었소. 그리고 중원제일의 무공인 마선공을 익힌 심검마선도 실종됐지.

하지만 난 멀쩡히 살아 있소. 웃기지 않소?"

"……."

"산속에서 수련만 쌓아 온 운 소협에겐 세속의 일이 어찌 흘러가는지 잘 모를 것이오. 하지만 산속이나 세속이나 본질은 같은 것 같은 것 같소. 내가 이리 살아 있는 것을 보면 말이오."

극악마뇌 사무조.

그가 그 별호를 얻게 된 이유는 천마신교의 일이라면 수단과 방법을 가리지 않고 온갖 술책을 짜낸다고 알려졌기 때문이다.

하지만 이렇게 대화해 보니, 본부에 머무르면서 지나가는 이야기로 들었던 사무조의 소문들이 상당수 잘못되었다는 것을 느꼈다.

애초에 두 여인을 동물처럼 부리며 매일 밤 가혹한 성적 학대를 한다는 그 소문부터 틀리지 않은가?

오히려 사람들은 아름다운 두 여인이 늙디늙은 그에게 붙어 있는 게 배알이 꼴렸던 것일 테다. 정작 셋 사이엔 아무런 문제가 없다.

운정이 말했다.

"소문은 참 믿을 게 못 되는 것 같습니다."

사무조는 눈을 크게 뜨고 그를 보다가 곧 알겠다는 듯 말했다.

"아, 나에 관한 건 내가 만들어 낸 게 많소. 무시무시한 소
문이 많으면 귀찮게 할 사람이 없을 거 같아서 일부러 그랬
지. 지금 와서 생각하면 왜 그런 쓸데없는 짓을 했는지 모르
겠지만."

"아, 그러셨습니까?"

"나 또한 운 소협을 보면서 소문은 믿을 게 못 된다고 생각
하오."

운정은 호기심이 동해 물었다.

"전 어떤 소문이 있습니까?"

"가장 표면적인 것으로는 무당을 무너뜨린 마선공을 얻기
위해서 모든 수모를 참으며 천마신교에 굴복했다는 소문이오.
이는 운 소협의 행동을 가장 간단하게 해석한 것이니, 아마 오
늘 본 백도의 고수들도 그 정도로 생각했을 것이오."

"흐음, 충분히 가능한 소문이라고 생각하지만, 조금만 깊게
생각해 보면 아니라는 것을 알 수 있습니다. 다들 그리 어리
석지만은 않을 겁니다."

"물론 어리석지 않소. 그렇지만 어리석지 않다고 하여 무조
건 깊게 생각하는 건 아니지. 잘 알지도 못하는 운 소협을 위
해서 왜 그들이 깊게 생각할 거라는 것이오? 내 말은 그들이
깊게 생각을 못 하지는 않지만, 안 해 줄 거라는 뜻이오. 그저

남일 뿐이니, 간편한 해석을 하고 거기서 그냥 멈추겠지."

"……"

"물론 그 정도에서 멈추지 않은 자들이 있소. 운 소협의 행보에 꽤 관심이 있는 자들은 분명 더 생각할 것이오. 그래서 그들은 운 소협이 무당산의 정기를 되찾기 위해서 천마신교와 협력하고 있는 것이 아닌가 하는, 조금 깊은 소문을 만들었소. 운 소협에 관한 정보를 조금 더 알고 운 소협이 한 말을 조금 더 아는 사람들이라 할 수 있소."

무당산의 정기가 특별한 마법에 소진되어 완전히 사라졌다는 것은 다크엘프를 통해서 받은 정보다. 운정은 그것에 관해선 꽤 말을 아꼈고, 따라서 그걸 모르는 사람들은 운정이 여전히 무당산의 정기를 되찾으려 한다고 믿을 수밖에 없었다.

운정이 솔직히 말했다.

"천마신교에서 무당산의 정기를 갈취했고, 그것을 빌미로 저를 협박한다는 식입니까?"

"비슷하오. 백도의 고수들 중 머리가 있는 자들은 그것까지도 의심했을 것이오."

운정은 그제야 무허진선이 그에게 곤륜으로 오라고 한 그 의도가 무엇인지 환히 볼 수 있었다. 그리고 그 외에 다른 것까지도 서서히 보이기 시작했다.

운정은 입을 살포시 가리며 말했다.

"그럼 교주께서 화합의 의지를 보이기 위해서 진보를 내어 주었고, 그것을 보았기에 맹주께서 교주의 진심을 믿은 게 아니라는 겁니까?"

"무허진선의 말은… 진보나 되는 것을 내어 줬으니 무당의 마지막 제자를 너희 마음대로 해도 우리는 관여하지 않겠다 정도로 해석할 수 있소. 그 정도 선에서 물러나겠다는 것이지. 그 이후, 운 소협이 스스로 무림맹으로 찾아오게 만든다면 일석이조이오. 그래서 곤륜으로 와보지 않겠느냐고 한번 던져 본 것이오. 이미 진보를 받았으니 말이오."

"……."

충격을 받은 운정이 아무런 말도 하지 못하자, 사무조는 사악하게 웃더니 말했다.

"물론 그저 진심이 통한 것일 수도 있소. 혹시 모르지, 지금 내가 운 소협과 무림맹을 이간질하고 있는 것인지… 하하하. 자, 운 소협이 보기에는 무엇이 진실인 것 같소?"

극악마녀 사무조.

왜 최고의 책사인지 알겠다.

그 의도를 뻔히 알면서도 그 말이 믿어지는 건 대체 무슨 조화란 말인가?

그때, 운정의 머리에 스쳐 지나가는 말이 있었다.

"그렇게 따지면 정공과 마공의 융합이라는 사실 말도 맞지 않소. 위에서 볼 땐… 이렇게 보면 정공이었고, 저렇게 보면 마공이었을 뿐이지."

운정은 답을 내렸다.

"제 생각엔 둘 다인 듯합니다."

"둘 다?"

"그 둘은 서로 겹쳐지지 않는 가정을 기반으로 하니 둘 다 동시에 믿을 수 있습니다."

"그게 무슨 말이오?"

"천마신교에서 무당산의 정기를 갈취했다는 것. 그리고 그 것으로 절 협박하고 이용하고 있다는 것. 무림맹은 그리 의심하고 있습니다. 따라서 그것이 진실이면, 무허진선은 진보를 얻으며 절 천마신교에 판 것이고, 그것이 거짓이면, 무허진선은 교주와 진심이 통한 것입니다."

사무조는 더는 크게 떠질 수 없는 눈으로 운정을 보았다.

감탄.

그는 대뜸 하늘을 올려다보며 크게 웃었다.

"크하하! 크하하! 크하하. 내 평생 능수지통을 상대하고 겨우 벗어날 수 있었던 것이 바로 그 인과율의 틀이오. 원인과 결과, 그것이 어떻게 시간으로부터 독립적인지, 그 개념이 어찌 성립하는지 그것을 이미 이해하고 있다니… 운 소협은 도사 중 도사라 할 수 있소. 크하하!"

운정은 그가 하는 말을 정확하게 알진 못했지만, 무엇을 뜻하고자 하는지는 알 것 같았다.

사무조는 운정의 어깨를 툭툭 치더니 말했다.

"저녁에 무림맹에게 가기 전까지 나와 차나 한잔하시오."

"수뇌부 간의 회의를 준비해야 하지 않습니까?"

"그야 아랫것들이 하라고 하면 되오. 오갈 이야기는 너무 뻔해서 내가 있을 필요도 없고."

"……."

"하하하."

사무조는 호쾌한 웃음소리를 내며 운정을 자신의 거처로 이끌었다.

*   *   *

일다경(一茶頃)이란 시간은 차를 마실 만한 시간이라 하여 대략 일각을 뜻한다.

하지만 사무조에겐 전혀 그렇지 않은지, 운정이 그의 거처에서 나왔을 때는 막 해가 저물어 어둠이 하늘을 채우고 있을 때였다.

한나절 동안 사무조는 끝없이 말했다. 연속적으로 이어지는 그의 언변은 사람의 혼을 쏙 빼놓아 졸도하게 만들 지경이었다. 만약 희교와 애교의 맛좋은 다과가 없었다면 선기를 잃어버린 운정은 진작 탈진하여 뛰쳐나왔을 것이다.

운정은 조금 피곤한 기색으로 천천히 자신의 거처로 향했다. 고된 걸음 끝에 도착한 그는 자신의 방문이 조금 열려 있는 것을 보고, 걸음을 멈췄다.

시녀들은 방을 치우고 닫아 놓았을 것이다. 누군가 잠입했다면 문을 열어 놨을 리 없다.

이건, 일부러 문을 살짝 열어 두어 누군가 안에 들어와 있다는 것을 말하는 것이다.

카이랄인가?

운정은 반가운 마음과 경계하는 마음을 동시에 품으며 방문을 마저 열었다.

침상 위에는 작은 키의 소년이 앉아 있었다.

그 소년은 고개를 들어 운정을 보았는데, 그의 두 눈에선 진한 붉은 빛이 흘러나왔다.

그 소년의 고개가 움직이자, 양쪽 눈에 있는 그 혈광은 자신의 궤적을 남기며 똑같은 두 곡선을 공중에 남기곤 사라졌다.

실로 신묘한 현상이었다.

"제갈극?"

"문을 닫거라, 누가 보기 전에."

운정은 문을 살포시 닫고는, 그에게 걸어갔다. 창문에 스며
드는 달빛에 반사되는 그의 얼굴은 너무나 창백해서 전혀 피
가 흐르지 않는 듯 했다.

"벼, 병마에 걸린 겁니까?"

제갈극은 고개를 살짝 흔들더니 말했다.

"크게 설명할 시간은 없느니라. 다만 네게 부탁이 있어 찾
아왔다."

운정은 그를 걱정스러운 눈길로 위아래를 훑어보더니 말했
다.

"무슨 부탁인데 그러십니까?"

"본좌는 네가 다크엘프와 내통하고 있다는 것을 아느니라."

"……."

"그를 찾아서 이야기하고 싶은데, 가능하겠느냐? 만약 이
부탁을 들어준다면, 네가 다크엘프와 내통하고 있다는 사실
을 숨겨 주겠느니라."

운정은 그를 지그시 보다가 곧 한쪽에 있는 의자를 가져와
그의 앞에 앉았다.

"지금 협박하는 것입니까?"

제갈극은 마른침을 삼키더니 말했다.

"부탁이니라. 급한 마음에 한 말이니라. 방금 한 말은 잊어 줬으면 한다."

"……."

그의 눈빛은 절박해 보였다.

그가 다시 물었다.

"안 되겠느냐?"

운정이 단호하게 대답했다.

"그를 만나게 해 줄 수는 있으나, 그에게 해가 될 수 있으니 먼저 무슨 일이 일어났는지 듣고 판단할 것입니다."

"……."

"말해 줄 수 없다면, 저도 도와드릴 수 없겠군요."

"그냥 죽이고 기억을 빼자니까요?"

드르륵.

운정은 의자를 밀치며 자리에서 벌떡 일어났다. 그러곤 여인의 목소리가 들린 곳을 바라보았다.

창가에서 이어지는 달빛 그림자 속에서 무언가 꿈틀거리더니, 곧 달빛으로 모습을 드러냈다.

말 그대로 실오라기로 가슴과 사타구니를 겨우 가린 모호는 전처럼 단순히 매혹적인 모습이 아니었다.

그것과 더불어서 살기를 담은 것 같은 눈빛으로 진득한 퇴

폐미(頹廢美)를 흘렸다.

제갈극은 강한 어조로 말했다.

"그만."

"……"

"운 소협의 털끝 하나도 건드리지 말거라."

모호는 그 말을 듣는 즉시 우두커니 서더니, 여전히 사람의 마음을 어지럽히는 두 눈빛으로 운정을 주시했다.

운정은 제갈극을 돌아보더니 말했다.

"이젠 진짜 무슨 일인지 알아야겠습니다, 태학공자."

제갈극은 얼굴을 찡그리더니 눈길을 아래로 돌리며 말했다.

"성급했지. 아직 본좌가 어리긴 어려, 확실히. 그딴 간단한 말에 성질을 참지 못하고 이리되었으니까."

"……"

"처음부터 이야기하자면, 부교주와 피 장로를 지옥으로 보낸 엘프마법사를 사로잡았느니라. 그리고 그를 지금까지도 심문했지."

운정은 놀란 표정으로 제갈극에게 물었다.

"그 애루후가 말한 것입니까? 태룡향검과 심검마선이 죽었다고?"

제갈극은 그의 말을 정정했다.

"지옥으로 보냈다는 말은 죽였다는 걸 은유적으로 표현한 것이 아니니라. 나도 처음엔 그렇게 알아들었지만, 그냥 지옥이라는 이계의 한 지역으로 갔다고 보면 된다. 지옥은 이름일 뿐이지, 우리가 생각하는 그 저승의 지옥이 아니니라. 죽은 자가 가는 곳이 아니라, 악마가 사는 곳이라 생각하면 쉽다."

"……"

"하여간, 중요한 것은 그 엘프마법사의 말이 아니라 그 엘프마법사 자체이니라. 그 마법사는 그들이 흔히 말하는 언데드(Undead), 마치 우리 쪽의 생강시와 같은 존재다. 이미 죽음을 경험했지만, 마법의 힘으로 계속해서 살아 있는 셈이지. 그런데 그 몸에서 중원에 있는 천살지체와 비슷한 것이 느껴졌다. 연구 시간 대부분은 그 몸을 조사하는 데 썼다."

운정은 오행과 사방신에 대한 지식을 떠올리며 말했다.

"천살지체라면 사방신 중 백호의 영향을 받은 지체 아닙니까? 그런데 그것이 엘프의 몸에서 느껴졌다는 겁니까?"

제갈극이 말했다.

"그렇지. 무당의 제자니 신학(神學)에 대해서도 많이 알고 있겠군. 그럼 역혈지체 또한 아느냐?"

운정은 고개를 끄덕였다.

"사방신인 현무를 사로잡아 그의 힘을 억지로 반영하여 만드는 지체 아닙니까? 본래 현무의 힘인 수(水)를 뒤틀어, 피가 거꾸로 돌게 함으로 마공에 적합한 신체가 되는 것이 바로 역혈지체로 알고 있습니다만."

"맞느니라. 그래서 이계에도 그러한 비슷한 유형의 신체가 있다면, 천마신교에도 크나큰 도움이 되리라 생각하고 그 엘프마법사를 연구한 것이다. 그러다가 그 와중에 교주와의 작은 마찰이 있어서 내가 스스로 실험해 보았다."

운정은 눈을 가늘게 뜨며 물었다.

"그래서 몸에 그런 변화가 생긴 겁니까?"

제갈극은 고개를 끄덕였다.

"이런 건 사실 스스로 당해 보지 않으면 빠른 결과를 내기가 어려우니라. 위험하긴 하지만, 뭐 하루 종일 매달리다 보니 꽤 많은 것을 알아낼 수 있었다."

"그 신체는 어떻기에 그렇습니까?"

제갈극은 창가에 떠오른 달을 올려다보더니, 조용히 설명했다.

"이 신체는 어떠한 신의 힘에 의해서 변화된 것이 아니니라. 그저 오로지 마법으로 인한 변화로, 역혈지체나 천살지체와는 전혀 관계가 없는 것이다. 겉으론 그렇게 보일 뿐이었지. 하지만 그렇다 하여 이 몸으로 마공을 다룰 수 없지는 않을 것 같다. 이미 구 할은 내 예상이 맞을 것 같지만, 아닐 수도 있으니까."

"잘 이해가 가지 않습니다. 좀 더 자세히 설명해 주어야 할 것입니다."

제갈극은 자신의 심장을 치며 말했다.

"이 육신은 인간의 피를 먹고 사느니라. 말 그대로 흡혈(吸血)하여 그 혈액 속에서 모든 영양분을 공급받지. 그 대신 강시가 가지고 있는 이점들을 가지게 되느니라. 단단한 피부라든지, 괴력이라든지 말이다. 그리고 이는 내부도 마찬가지다."

"죽은 몸인데도 무공을 펼칠 수 있다는 말입니까?"

"생강시는 스스로 마공을 펼치기도 하지. 그 이유는 몸이 시체와 다를 바 없어 혈맥이 거꾸로 흐른다 하여도 큰 피해가 되지 않기 때문이다. 이 몸이라면, 분명 역혈지체가 아니어도 마공을 다룰 수 있게 될 것이니라."

그 설명을 들은 운정이 물었다.

"그러면 왜 마법사인 로수부룩에게 도움을 청하지 않은 겁니까?"

"엘프마법사는 엘프들이 사용하는 용어와 언어로 마법을 익혔느니라. 그것을 이계의 인간들에게 보여 줄 수 없다. 따로 엘프마법사를 고문하고 있다는 걸 들킬 순 없어. 그리고 내가 가진 문제는 그 엘프마법사와 나의 차이로 인해 일어난 것이다. 인간이 그가 해 줄 건 없어. 결국 엘프에게 물어야 해."

"저는 신용할 수 있습니까? 제가 아는 애루후도?"

"너는 마법에 문외한이니까……."

즉 제갈극은 지금 자신의 상태를 완전히 알지 못하기에, 이것을 로스부룩이 이용할까 염려하는 것이다.

운정은 정확히 상황을 이해할 수 없었지만, 일단 그의 부탁을 들어주기로 했다.

두 개의 패밀리어로 인한 마법적 문제와 더불어서, 다시금 무공과 그것을 연결시키는 데에는 제갈극의 도움이 필수적이고, 또 그에게 빚을 지워 둔다면 카이랄도 그것을 크게 활용할 수 있을 것이다.

다만 카이랄의 신변이 보장된다는 전제하에.

운정이 대답했다.

"좋습니다만, 제 친우에게 아무런 해도 끼치지 않겠다 약조하시고, 그의 합당한 요구 또한 들어주십시오. 그러면 저도 돕겠습니다."

제갈극은 고민하지 않고 고개를 끄덕였다.

"좋다."

"그럼 그쪽으로 가야 할 텐데, 절 따라오시겠습니까? 낙양 시내에서 조금 떨어진 산 중턱에 있습니다."

"위치는 대강 아느니라. 너희가 몰래 빠져나간 걸 알았기에 네게 도움을 청할 생각이 난 것이니까. 단지 필요한 건 그에게 내 부탁을 하는 것이다."

그렇게 말한 그는 창밖으로 손을 내저었다.

그러자 모호의 모습이 서서히 먼지로 변해 창문 틈 사이로 빠져나갔다.

그리고 그 먼지는 다시 창밖에서 하나의 거대한 형태를 갖추기 시작했다.

운정이 그것을 보며 나지막하게 말했다.

"태학이로군요."

전과 다른 것이 있다면 몸의 깃털이 모두 흑색이라는 점과 두 눈빛이 붉다는 점이었다.

제갈극은 창문을 열고 그 밖으로 나갔고, 운정도 곧 그를 따라 나갔다.

그들이 함께 태학 위에 올라타는데, 자연스럽게 태학의 등 뒤에 몸을 두는 운정을 보며 제갈극이 말했다.

"태학을 타 보았구나?"

"평소에는 사부님께서 금지하셨지만, 그래도 한 번씩은 타고 구름 위를 누볐었습니다. 이렇게 만들어진 것이 아닌, 무당산의 태학을 말입니다."

"정말 도사로군."

"이제는 그것이 현실이었는지, 아니면 제 꿈속에서 일어난 일인지 구분하지 못하겠습니다."

"……."

제갈극은 한동안 말이 없다가 태학으로 변한 모호의 등을 발로 찼다. 그러자 모호는 달까지 도달할 듯 하늘 높이 쭉 날 아올랐다.

낙양의 야경이 반딧불이 뭉친 것처럼 보일 정도로 높은 높 이다. 제갈극은 한쪽을 가리켰다.

"저곳이 맞느냐?"

"맞습니다."

제갈극이 모호의 목을 쓰다듬자, 모호는 곧 고개를 쭉 내밀 더니, 그쪽으로 쏜살같이 날아갔다.

동굴의 입구에 도착한 운정은 그 동굴의 입구에서 한쪽 무 릎을 꿇고 있는 카이랄을 보았다.

카이랄은 태학을 타고 도착한 운정과 제갈극을 보면서도 아무런 반응도 없이 그대로 앉아 있었다.

뭔가 이상한 낌새를 느낀 운정은 순간 콧속을 찌르는 냄새 에 눈살을 찌푸릴 수밖에 없었다.

막 모호에서 내려 땅에 착지한 제갈극이 나지막하게 말했 다.

"부패하고 있군."

운정은 카이랄을 보았고, 카이랄도 운정을 보았다.

그리고 운정은 자신의 눈으로 들어오는 광경을 믿을 수 없 었다.

"카, 카이랄? 괘, 괜찮은 거야?"

카이랄은 도저히 살아 있다고 믿을 수 없는 두 눈동자로 자신의 모습을 내려다보았다. 그제야 그는 자신의 몸이 썩어 가고 있음을 깨달았다.

『천마신교 낙양본부』 5권에 계속…